The Selected Essays of Joseph Conrad

[英] 约瑟夫 · 康拉德 著
安 宁 译

康拉德
散 文 选

江苏人民出版社

图书在版编目(CIP)数据

康拉德散文选 / (英) 康拉德著 ; 安宁译. -- 南京：江苏人民出版社，2020.12

ISBN 978-7-214-24829-9

Ⅰ.①康… Ⅱ.①康… ②安… Ⅲ.①散文集—英国—现代 Ⅳ.①I561.65

中国版本图书馆CIP数据核字(2020)第201556号

该译作由汕头大学文学院李嘉诚基金会专项经费资助

书　　名	**康拉德散文选**
著　　者	(英)约瑟夫·康拉德
译　　者	安　宁
责任编辑	汪意云
装帧设计	刘葶葶
责任监制	王列丹
出版发行	江苏人民出版社
出版社地址	南京市湖南路1号A楼，邮编：210009
电子邮箱	http://www.jspph.com
经　　销	凤凰出版传媒股份有限公司
照　　排	江苏凤凰制版有限公司
印　　刷	江苏凤凰盐城印刷有限公司
开　　本	890毫米×1240毫米　1/32
印　　张	5.75　插页4
字　　数	100千字
版　　次	2020年12月第1版　2020年12月第1次印刷
书　　号	ISBN 978-7-214-24829-9
定　　价	42.00元(精装)

目录

第一部分　人生

蜕变[①]

书可以在各种地方写成。文字的灵感有可能进入一位船员的舱位里,而这位船员供职的船,冻结在了穿越某个小镇的河流上。既然人们相信圣人会仁慈地看顾他谦卑的信徒,我便沉湎于对福楼拜[②]的愉快幻想中。就自身,福楼拜有一些猜想,比如他想象自己是维京人的后代。老福楼拜的亡灵,或许饶有兴致地盘旋在"阿杜瓦号"的上空。"阿杜瓦号"是一艘两千吨位的蒸汽船,停靠在鲁昂码头的泊位里,被极度的严寒困住了。就是在这艘船上,我开始写《阿尔迈耶的愚蠢》[③]第十章。为什么说饶有兴致呢?那个长着大胡子、声若响雷、内心仁慈的诺曼巨人,难道不是最后一位浪漫主义者吗?以其对艺术超越尘世、近乎苦修的忠诚,他难道不是圣人般的文学隐士吗?[④]

"'太阳终于落下去了',妮娜指着夕阳西下的山峦,对妈妈说。"……这话出自阿尔迈耶浪漫的女儿之口。我记得它们被勾画在了便笺簿上,便笺簿就放在舱位的毛毯上。这些文字描绘的是马来群岛的落日,它们在我的脑海中形成了影像,如同致幻一般出现了那里的森林、河流和海,远离北半球这座浪漫的商业小镇。恰在此时,这些影像和文字制造的幻觉被三副打断了。这个快活随

---

① 选自《私人札记》(*A Personal Record*, 1912)第一部分,题目为译者所加。

② 福楼拜(Gustave Flaubert, 1821—1880),法国作家,代表作《包法利夫人》。

③ 康拉德的第一部小说(*Almayer's Folly*, 1895)。

④ 康拉德自小会说法语,17岁离开波兰来到法国里昂,开始与航海有关的生活。他早期嗜读法国小说家的作品,尤其推崇福楼拜。

19 世纪的法国鲁昂

意的年轻人，伴着门的巨响和一声叫喊走了进来："你把这里收拾得好暖和！"

的确是。我打开了蒸汽暖气，还在水龙头下接了一个锡罐。或许你不知道，不漏蒸汽的地方会漏水。我不晓得，这位年轻的朋友整个上午都在甲板上做了什么，但他使劲搓着的双手很红，一看就让人觉得冷。他仍是我所认识的唯一会弹班卓琴的人，也是一位退休上校的次子，这些关联让我浮想联翩，总觉得吉普林先生的诗[⑤]是专门为他而写的。他即使不弹琴，也喜欢坐在那里看着琴。小伙子继续着自己多情的注视，我静默地观察着他。他对着琴弦沉思了一会儿，然后快活地问："如果不介意，我想请问您：您整天都在写些什么？"

这个问题没什么，但我没有回答，只是本能地做了一个掩饰的动作，把便笺簿扣上了。我不可能告诉他，他把妮娜的内心活动吓跑了，驱散了她在第十章一开始的话，还有那些随着不祥的热带夜晚的降临，阿尔迈耶太太将要说出的智慧的言语。我不可能告诉他，妮娜刚刚说："太阳终于落下去了。"他可能会非常吃惊，甚或把宝贵的班卓琴掉在地上。我也没有可能告诉他，在描述年轻人急切地要满足自己欲望的同时[⑥]，照临着我航海生涯的太阳也要落下了。虽然这在当时，我自己还不知道；虽然三副是个很好的小伙，就我们的职位关系来说，他对我的尊重和顺从都有些不相称，但我

⑤ 吉普林(Rudyard Kipling，1865—1936)，英国诗人、小说家。1894年创作过一首诗《班卓琴之歌》。

⑥ 妮娜急切地盼望着太阳落山，要趁着夜色与恋人达因私奔。

想他也不会关心到我的前程。

年轻人垂下眼帘，温和地看着班卓琴，我则透过舷窗，看向窗外。这个圆形的小窗，锁着铜边，为码头的一隅镶了一个框。一些木桶排列在冰冻的地上，还有一辆大马车的车尾。一个红鼻子的马车夫，穿着宽松的上衣，戴着羊毛睡帽，靠在车轮上。一个懒散的海关警卫踱来踱去，蓝色的斗篷上束着腰带，看上去很沮丧，大概是苦于严寒，也可能是这份差事太乏味。铺着地砖的码头，被结了冰的泥覆盖着，成了棕色。跨过宽阔的码头，是些脏兮兮的房屋，构成了这幅舷窗画的背景。整个画面色调沉郁，最显眼的是一个小咖啡馆，窗子上挂着窗帘，房前的木制作有些破旧，正与河边这片贫困地脚的污秽相称。我们的船是后来才挪到了这里，本来是泊靠在剧院附近的。在那里，透过同样的舷窗，看到的是不同的咖啡馆——镇上最好的那家。我想，可敬的包法利和他的妻子——雷诺老爹那浪漫的女儿，在看完了令人难忘的歌剧表演之后，就是在这里用了点心。歌剧演绎的是拉美莫尔的露琪亚⑦和她的悲剧故事，背景伴着轻柔的乐曲。

我无法把东方马来群岛的幻象召回，但希望能够再看到它们。那天，《阿尔迈耶的愚蠢》只能被搁置到枕头底下，其实并没有什么工作要做，会妨碍我继续写作。我们在那艘船上，过着冥思的生活。就我当时的特权地位，少说为宜。原本我的出现，也只是“帮

⑦ 三幕歌剧。意大利歌剧作家多尼采蒂（Domenico Donizetti，1797—1848）的代表作。

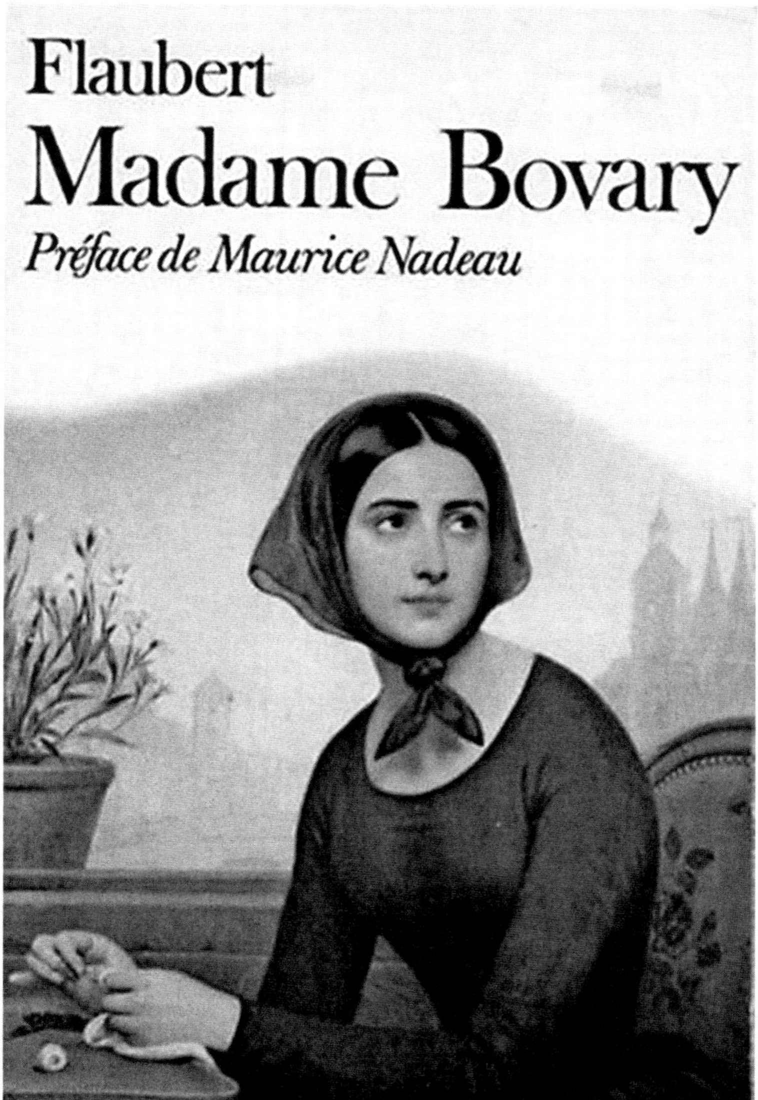

福楼拜的《包法利夫人》

个忙”，就像一位名演员在朋友的义演中客串一下。

从情感上来说，我并不想在当时的情境下待在那艘船上。或许该船需要我，也不像普通意义上一艘船需要一名副官那样。在整个航海生涯中，那是第一次也是最后一次，我效力的船主只是影影绰绰地存在着。当然，我不是指那些闻名遐迩的伦敦船舶经纪人，是他们把船租给了法加运输公司。对这个公司，我不说它短命，而说它转瞬即逝。死亡一般会留下些什么，而法加运输公司没有留下任何摸得着的东西。它的辉煌并不比玫瑰花期更长，但不像玫瑰，它开在了严冬里，散发出某种淡淡的冒险的味道；在春天来临之前，消逝了。但它确信无疑是一家公司，甚至还有自己的公司旗，该旗以白色为底，FCTC⑧四个字母艺术地扭结在一起，形成了一个复杂的交织字母。我们把旗升在主桅杆顶，而我现在也得出了结论，那恐怕是唯一的一面公司旗。即使如此，我们当时在船上的人，很多天里都以为自己隶属于一个大型的船运公司，因为在伦敦维多利亚码头的时候，就在我们出发开往法国鲁昂之前，有一大包宣传手册和售股章程被搬上了船。上面说，每两周会有一班航轮开往蒙特利尔和魁北克。在法加运输公司影子般的存在里，或许隐藏着一个秘密：我航海生涯的最后一份工作，稍微打断了妮娜·阿尔迈耶故事的进程。

在当时，伦敦船长协会简朴的办公室位于芬彻奇街。协会的书记是一位不知疲倦、热衷于自己工作的人，就是他让我和“阿杜

⑧ 法加运输公司(Franco-Canadian Transport Company)的缩写。

瓦号”发生了关联，而这次工作，很难称得上一次远洋经历。亲爱的弗劳德船长——这么多年过去了，我无法不这样亲密地称呼他，以示敬意——对于如何提升整个商船行业管理人员的业务水平和地位，有着非常合理的见解。他为我们组织职业讲座和圣约翰救护课，还努力就我们行业的利益问题与社会各界以及国会议员通信。至于那些与航海和船员工作有关的咨询和委托，更是被他看作天赐良机，可以为大家的共同利益一展才华。除了对工作的高度责任感，他身上还有一股慈善之风：他有一种强烈的性格取向，要竭其所能地帮助同行。其实，在他正当年的时候，本身就是位非常优秀的船长。而对于一个船员来说，有什么比给他一份工作更好的呢？弗劳德船长认为，除了保护好我们的利益，船长协会完全可以成为一种最高级别的职业中介。

“我在试图说服所有的大船舶公司都到船长协会来雇用船员。我们的协会没有一点工会的企图，我真的觉得他们应该来找我们。”他曾经对我说，“我总是告诉船长们，条件差不多的情况下，他们应该优先考虑协会的会员。处在这个位置，我一般都能在会员或准会员中，为他们找到合适的人选。”

当时我正赋闲，经常从伦敦的西头逛到东头，再折回来，而芬彻奇街那两间小小的办公室成了我闲逛的落脚点。因为渴望大海，在这里，我的心灵感觉比在地球其他任何地方都更靠近船、船员和海上生活。大约每天下午五点钟，协会里就挤满了人，四处缭绕着香烟喷出的云雾。弗劳德船长则待在小一点的房间里，与人会面，主要目的是提供帮助。就是这样，在十一月份一个阴沉的下午，他用弯着的手指招呼我进去，而他从镜片上方投射出的特别目光，成了我对他最强的体征上的记忆。

“今天早上有位船长来过”，他边说边坐回到桌边，同时示意我坐到椅子上，“那位船长需要一名副官。是一艘蒸汽船。你知道，没有比问我要人更让我高兴的了，但遗憾的是，我不太知道该怎么办……”

外面房间里不都是应招的人吗？我疑惑不解地看了看关上的门，但他摇了摇头。[⑨]

“噢，是的，我会很开心为他们中的一位争取到这个职位，但那位船长需要一个能够流利地讲法语的人，这就不好找了。就我本人来讲，只知道你能胜任。只是，这是个二副的职位，当然了，你是不会介意的……对吧？我知道，这不是你想要的。”

的确不是。我已经成了一个心不在焉的人，只醉心于寻找能够捕捉到幻象的词语。但从外表看来，还是很胜任在一家法国公司租赁的蒸汽船上做二副的。我没有表现出被妮娜的命运和热带森林的低语困扰的样子，即使是和阿尔迈耶（一个性格懦弱的人）的亲密接触，也没有显现在我的面孔上。有很多年，阿尔迈耶和他的故事世界成了我想象中的伴侣，希望这没有妨碍到我处理与海洋生活相关的现实事务的能力。从东部海域回来之后，这个人和他生活的环境就追随着我，距离我讲到的这一天，大概已经有四

---

⑨ 康拉德喜欢帆船的优雅、洁净和对人性的考验，他不欣赏冒着黑烟、靠机械来征服自然的蒸汽船。

年了。

阿尔迈耶和他的一切，最先出现在一间带家具出租的起居室里，公寓位于皮姆利科广场。他的出现清晰而强烈，与我们之前真正的交往非常不同。当时，我正奖赏自己在岸上待久一点，但早上的时光如何打发？于是，阿尔迈耶(那个老相识)华丽登场了。

自然而然地，他的妻子和女儿也在不久之后加了进来，围坐在我桌旁，然后就是和他们一起生活在海边的那一群人，手里比画着、嘴里吵嚷着，一起来了。我体面的女房东并不知道，早餐一过，我就热闹地接待马来人、阿拉伯人和混血儿，但他们并未着意喧闹，以引起我注意。他们的到来，是出于一种无声却无法遏抑的吸引力。我需要强调的是，这股吸引力并不是出于我的自恋或虚荣。现在看来，应该是有一种道德的意味在里面。试想，为什么对这些人的记忆需要以小说的形式呈现呢？他们骄阳下的存在并不知名。或许是出于一种神秘的情谊，是这种情谊把所有栖身在地球上的人团结在一个充满希望和恐惧的社群里。

我并未带着狂喜接待这些访客，好像他们会带来礼物、收益或声誉。住在贝尔格莱维亚一个衰败的角落，我坐在桌边写作，眼前并没有出书的前景。经过了很多年，每年都在一页一页慢慢写成的稿纸上留下印记。我可以坦诚地说，是一种近似同情的情感，促使我用良心聚集起文字，来书写对远方事物的记忆和那些曾经活过的人。

不过，还是让我们回到弗劳德船长和他坚定的信念吧：一定不能让船主和船长们失望！弗劳德船长要在几个小时之内找到一位能流利讲法语的副官，我怎能让他的雄心落空呢？他解释说那艘船是一家法国公司租赁的，意图建立一条每月航线，从鲁昂出发，运送法国移民到加拿大。照实讲，我对这类事情不感兴趣，却严肃地说，如果此事真的关系到船长协会的声誉，我考虑一下。所谓的考虑，也只是面子话。第二天，我见了船长，彼此印象很好。他解释说，自己的大副不管从哪个方面讲都很优秀，不可能将其解雇让我来接替，但是如果我愿意做二副，可以享有一些特权。

我告诉他，如果真要接受这份工作，职位并不重要。

“我相信”，他强调说，“你一定会跟帕拉莫先生处得很好。”

我承诺至少服务两个航程。就是在这种情形下，我和船的最后一次联系开始了。但事实上，它一次航程都没完成，这或许是写在我额头的一个宿命：我的整个航海生涯，都不被允许穿越大西洋。“大西洋”有它特殊的意味，就如水手们在大西洋贸易、大西洋包裹、大西洋疑案中所隐含的那样。新的生活小心翼翼地伺候着旧的篇章，《阿尔迈耶的愚蠢》已经写完的九章随我到了维多利亚码头；过了几天，我们从那里出发，开往鲁昂。我不会太离谱，竟至于说因为一个人命中注定不能穿越大西洋，法加运输公司就一次航程都没完成。这当然是有可能的，但更显而易见的问题出在资金匮乏。在维多利亚码头的时候，一群卖力的木匠在甲板间做好了四百六十个移民铺位，但到了鲁昂，一个移民也没有。作为一个有仁爱之心的人，我得承认自己为此欢欣，但的确有些来自巴黎的绅士出现在了船上。我想应该是三位，据说其中一位还是主席。他们从船的一头走到另一头，在甲板的栏杆上狠狠地敲着高顶礼帽。是我本人接待了他们,我敢保证他们对事物的兴趣是足够明智的。当然了,也有一点很明显,他们好像从未见过类似的情形。离船上岸的时候,三个人脸上带着愉快、待定的神情。按理说,这次检阅仪式应该是为即刻起航所做的准备,但当他们一个接一个走下舷梯的时候,我内心有了一种警觉:看租船方的意思,不可能有什么远洋航程了。

不到三个星期,就有了变动。我们刚到鲁昂的时候,被隆重地迎到了市中心,所有的街角都张贴着三色海报,宣布法加运输公司的诞生,一些小资产阶级趁星期天放假,带着妻小来参观。我总是身着最好的制服,回答问询,就像库克旅游公司的导游,而我们的舵手们,因为亲自带人参观,也收获了可观的小费。然而,在船挪了位置之后,凄凉和孤独成了我们的命运。我们被顺河拖到了一英里半的地方,拴在了一个非常浑浊破旧的码头。当时的滞留是彻底而无声的。我们已经为出海做好了最细致的准备,但是冰霜越来越硬、日光越来越短,而我们,完全无所事事——无所事事到想起来就脸红,因为工资是照付的。年轻的科尔非常难过。就像他说的,游手好闲地过完一天,到了傍晚,完全没有心情找乐子,就连班卓琴也索然无味了,因为除了吃饭,其他的时间都可以拨弄它。好人帕拉莫——他真的是一个最好的人——生性乐呵,但也快乐不起来。直到有这么沉闷的一天,我完全出于恶作剧,建议他动用船员们沉睡的气力,把甲板上的两根缆绳用力地拖拽,将它们两端对调一下。

一听这个主意,帕拉莫先生两眼放光:“好极了!”但马上又沉下了脸，怏怏地咕哝道："哦……是的！但这活持续不了三天。"我不知道他觉得我们会在鲁昂城郊的河边困多久，却看到按照我撒旦般的建议，缆绳的确被拖着调了个个，然后就放在那里，没有人再想起它们，直到一个法国的内河引航员来到我们船上，带我们顺河而下，进入勒阿弗尔的航道。我们空空地来，空空地回。你或许以为，这次被迫的闲散，会推进阿尔迈耶及其女儿的福祉。但事实并非如此。像是中了邪恶的咒语，自从被我的班卓琴室友打断之后，一连几个星期，故事都停在了那个决定命运的日落时分。我命中注定要写的小说，总是这样，不管是最短的，还是开始于 1889 年、结束于 1894 年的这一本，写来都极为艰难。在整个故事的创作过程中——从一开始阿尔迈耶的妻子喊他回家吃饭，到最后(他的敌人)阿卜杜拉在心中默念伊斯兰人的上帝："悲悯的，仁慈的"——我经历了好几次漫长的海上旅程，还有一次拜访(我用这个高贵的字眼形容当时的情境)，带我回到(一些)童年时的场景，让我意识到童年时的虚词妄语，是如何表达了当时无忧无虑、浪漫的遐想。

那是在 1868 年，我差不多九岁的样子，看着当时的非洲地图，手指着上面的空白，我对自己说："长大后，我要去那里。""那里"指的是欧洲人尚未涉足的非洲地区，而我语气中那份绝对的自信和令人吃惊的胆量，在我的性格中已经找不到了。

当然了，这事后来就忘了，直到差不多四分之一个世纪之后，去"那里"的机会却来了，就好似儿时过勇的罪降临到了成年的头上。是的，我的确去了"那里"，那个叫斯坦利瀑布的地方。在 1868

年，该处还是世界地图上空白区域中最空白的地方。《阿尔迈耶的愚蠢》的手稿就像我的护身符，或者说宝藏，随身跟到了那里。而它能够从非洲走出来，则像是上苍特意的安排，因为我的很多物件，比手稿要珍贵得多、有用得多，却因为运输中的意外，留在了那里。比如，我记得刚果河在金沙萨和利奥波德维尔之间有个特别蹩脚的拐弯，尤其是晚上，如果乘着只有半数划桨手的大独木舟经过那里，非常危险。而我，错失了成为有记载以来翻舟淹死在该处的第二个白种人。第一个死在这里的人，是一位年轻的比利时军官，他的意外发生在我之前几个月。我想，他应该也是走在回家的路上，只不过没有我病得那么厉害。我半死不活地过了那个弯，当时病得太严重，根本无法在意自己过不过得去。《阿尔迈耶的愚蠢》则一直留在我日渐减少的行李中。后来，终于到了令人愉快的首都博马，在那里等待载我回家的蒸汽船，但在船起航之前，我有足够的时间一次又一次、真心实意地希望自己能死去。当时《阿尔迈耶的愚蠢》只写了七章，而我自己的历史，在接下来的一章里，则是漫长又漫长的生病，然后是无比痛苦的康复。日内瓦，更确切地说是佩尔的水疗院，将会因为阿尔迈耶衰亡史的第八章在此处完成而永负盛名。小说第九章的内容，则不可避免地与一个水边货栈的管理工作掺和在了一起。这个货栈属于城里的一家公司，公司的名字就不说了。我当时在该货栈工作，是想让自己重归健康生活，但很快就不干了，好像陆地上没有什么东西能够挽留我太久。于是，阿尔迈耶令人难忘的故事就像一桶上等的马德拉白葡萄酒，被在海上带来带去整三年。这种待遇是否提升了它的韵味，

19 世纪刚果河上的独木舟

我当然不好说。就品貌来讲，一定是没有的：整个手稿褪了色，有了年久泛黄的样子。后来，再要期待这世上会有什么事情发生在阿尔迈耶和妮娜身上，就好像很没道理了，却有一件几乎不可能在海上发生的事情发生了，把他们父女二人从没有生气的状态中激活。

诺瓦利斯⑩怎么说来着："我的信仰，会因为另一个心灵的加入，增添无穷的力量。"小说不就是一个信仰吗？它坚信可以用一种想象的生活来呈现我们同类的存在。这种想象的生活比现实更清晰，它选取的事件的逼真度累积起来，能让历史纪录片⑪汗颜。上苍把我的手稿从刚果河的湍流里拯救出来，又把它带给了远海之上一个乐施的灵魂。如果我忘记了那位双颊瘦削、面色灰黄，黑色的眼睛深陷进眼眶的剑桥人，那将是我最大的忘恩负义。他当时是"特伦斯号"⑫的乘客，为了健康原因前往澳大利亚。这位乘客是《阿尔迈耶的愚蠢》的首位读者，也是我所拥有的第一位读者。

"如果请你看我手写的一部书稿，会不会很无趣呢？"有一天晚上，我们聊罗伯特·吉本的《罗马帝国衰亡史》，聊了很久。谈话进行得差不多的时候，我头脑一热问了这个问题。

那是个暴风雨的夜晚，我是在两小时轮班的间隙待在船舱休息。雅克（是这位乘客的名字）从自己的藏书里带来一本给我读，顺便坐了下来。

---

⑩ 诺瓦利斯（Novalis，1772—1801），德国浪漫主义诗人，《夜颂》的作者。

⑪ 纪录片的拍摄，始于1895年。

⑫ 康拉德于1891年11月—1894年1月在"特伦斯号"任大副。

“特伦斯号”

“怎么会呢?”雅克以他特有的、礼貌的语调回答,还带着浅浅的笑,但当我打开抽屉时,突然被唤起的好奇心一下让他警觉起来。在当时,他期待看到的是什么呢? 一首诗? 有可能。现在已无从揣测了。

雅克不是一个冷漠的人,但很平静,疾病使得他愈发如此。他言辞不多,每当有所言语,则词谦语卑,但他整个人却有一种不凡的气质,使他在六十位乘客里鹤立鸡群,他的眼睛有一种沉思、内省的神情。他用迷人而内敛的姿态、暗含同情的声音,问道:“这是什么?”“是个故事”,我有些费力地回答:“还没写完,但我想知道你怎么看。”他把手稿放进了外套的胸前口袋里,我仍清晰记得他消瘦、棕色的手指把手稿竖着折了一下。“我明天读。”他边说边抓住了门把手,然后等船晃得不那么厉害的时候,一下打开门,走掉了。在他走出去的那一刻,我听到狂风怒号,水鞭打着船的甲板,翻腾的大海压低了声音咆哮着,听上去好像很遥远。我留意到海洋巨大的躁动,它越来越不安分,这让我马上从职业的角度做出反应,心想:差不多再过半个小时,大约八点钟,不可能再迟了,上桅帆就得降下来。

第二天,在我们两小时轮班的第一班,雅克来到了我的船舱。他脖间围了厚厚的羊毛围巾,手里拿着我的手稿。他把手稿递还给我,目光坚定但一字不发。我默默地把手稿接过来。他在沙发上坐下,仍然一言不发。我打开然后关上桌下的一个抽屉,桌上摆着一个嵌着木框的日志板,它打开着,上面写得满满的。我习惯于认认真真、整整齐齐地把日志板上的内容,抄写到船的航海日志里。我转过身背对着桌子，但即使这个时候，雅克还是只字不吐。“嗯，你怎么说呢？”我终于开口了：“它值得写下去吗？”这个问题彻底表达了我当时所有的想法。

“毫无疑问。”他用沉静、含蓄的声音回答，咳了几下。

“你感兴趣吗？”我又问，几乎是在耳语。

“非常！”

我们的谈话就此告一段落，我继续本能地随着船身剧烈地晃动，雅克把脚放到了沙发上。我床上的帘布就像布屏风扇一样荡来荡去；舱壁灯在常平架上打转；时不时地，舱门被风吹得嘎吱作响。如果我没记错，那应该是在南纬四十度，差不多是格林威治的经度，阿尔迈耶和妮娜静默的复活仪式就这样进行着。在持续的沉默里，我突然意识到小说中有大量的回顾性描写，这会不会让小说进程变得晦涩呢？我心中这样忖度着，就好像一个故事讲述者已经在一个海员的身体里诞生了。但是我听到甲板上值班副官的哨声，继续保持警觉，看在这个提醒之后将要下达的命令是什么。果然，传来了一声微弱但又强烈的叫喊：“扯平帆桁！”“啊哈！”我心里想，“西风猛吹过来了。”然后，我转向了自己的第一位读者。呜呼！他余日无多，不会等到故事的结尾了。

“请容我再问一句：按照小说现在的样子，你觉得故事够清楚吗？”

“是的！完全清楚。”

这就是我听到的他对《阿尔迈耶的愚蠢》所有的褒奖。我们再也没有谈过这本书。长时间的糟糕天气盘旋不去，我心无旁骛，专

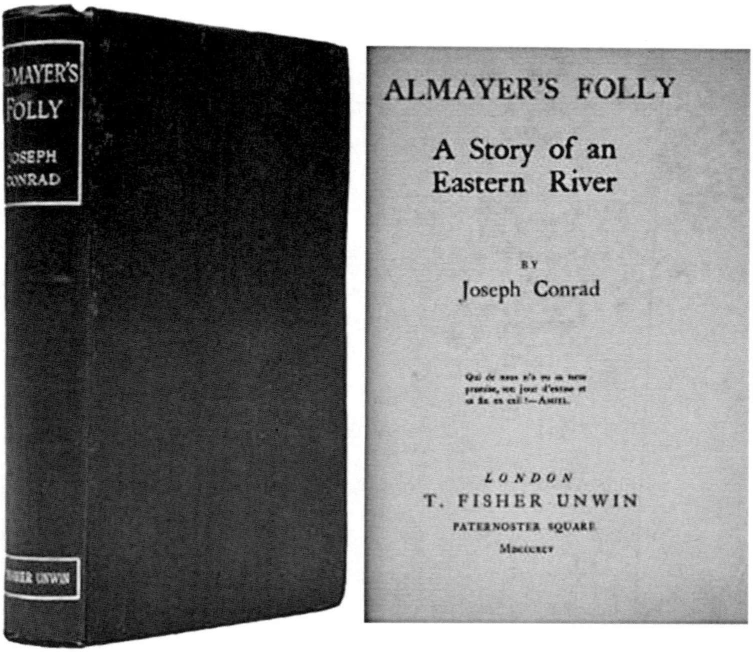

1895 年恩文版的《阿尔迈耶的愚蠢》

注于工作,而可怜的雅克得了致命的感冒,躲在船舱里。我们一到阿德莱德,我的第一位读者即刻去了内地,后来就突然去世了,不知道是在澳大利亚,还是在途经苏伊士运河返乡的途中。我已无法确知,好像也一直没得到过准信,尽管我曾经多方问询返程的旅客。这些旅客在我们停泊期间四处观光,在这里或那里碰到过雅克。后来,我们返航了,但小说没有丝毫进展。可怜的雅克有耐心读完那么多页的草稿,尽管在当时,永恒的阴影已经聚拢在他坚定、仁慈、深陷的双眼中。

雅克斩钉截铁的“毫无疑问”四个字,让我有了继续创作的动机,但这个动机却沉睡着,等待着苏醒的时刻。我敢说,现在的我是不由自主地在写作,一卷接着一卷,就像过去那些年,我是不由自主地去航海,一程接着一程。一页一页地写作,就像一里格[13]一里格地航行,向前向前,不停地向前,直到既定的终点。这就是真相——生存的真相,所有的人和职业皆如此。

我不知道这两种冲动,哪一种对我来说更神秘、更奇妙,但不管是写作还是航海,我都得等待机会。请容许我在此忏悔,我从来就不是那种能将就的人,为了开心,坐上洗衣盆就可以漂起来;如果可以为自己的始终如一而骄傲,那我得说,对于写作和航海,我向来都是一丝不苟的。我听说有些人可以在火车上写作,甚或是盘腿坐在晾衣绳上都能创作。就此我得忏悔,如果没有一把至少

---

⑬ 里格(league),长度名称。在海上,相当于 3.18 海里,合 5.556 公里;在陆地,相当于 3 英里,合 4.827 公里。

26 岁时的康拉德

是像椅子的东西，按照我奢侈逸乐的个性，是不会苟且创作的。《阿尔迈耶的愚蠢》不是一页一页，而是一行一行写成的。

后来，我还差点把已经写到第九章的手稿弄丢了。那是在去往波兰，更确切地说是去往乌克兰的途中。在一个睡眼惺忪的清晨，因为赶着转车，我把便携式旅行箱落在了弗里德里希车站（你知道，那是柏林的一个车站）的茶点间。一位可敬的、智慧的警察挽救了它。然而，焦急的我在当时想到的并不是手稿，而是装在里面的其他东西。

后来到了华沙，我停留了两天。那些浪迹天涯的手稿没有被拿出来见一下光，或者说只是见过一次烛光。当时，箱子敞开着放在椅子上，我匆匆忙忙换衣服，要去一个运动俱乐部赴宴。儿时的一位朋友（他本来是外交官，后来在自家祖传的田地上耕种小麦，我们有二十多年没见了）坐在旅馆的沙发上，等着驾车带我去。

“趁着换衣服，你或许可以跟我说说你的生活。”他提议道，非常友善。

我想不管是当时还是后来，我都没有就自己的生活告诉他什么。这位朋友带我赴宴的小聚会很精英，交谈极为热烈，几乎涵盖了天底下所有的话题，从非洲的大型狩猎，到最新发表在前卫刊物上的诗。这份刊物由年轻人编辑，但得到最高社会的保护。只是，谈话从未触及《阿尔迈耶的愚蠢》。第二天一早，一如既往地，仍是没有人关注它。于是，这个从不离身的伴侣追随着我一路往东南，去往基辅管辖区。

在那个时候，从火车站到我的目的地——一处乡间庄园——

驾车至少需要八小时。

“亲爱的孩子(这些字总是用英语写的)”,我在伦敦收到的寄自庄园的最后一封信,这样写道:“你自己乘车去当地唯一的饭店,让自己吃得尽量好些。差不多下午的时候,我的机要仆从、庄园的管家兼总管,一位叫沃·斯的先生(我得提醒你,他出身贵族)会带着小雪橇赶到,跟你见面。第二天,你跟他坐雪橇到庄园来。我会让沃·斯带给你我最厚的皮衣,再加上你自己的大衣,路上应该不会受冻了。”

晚餐是在卧室用的,一位希伯来侍者在旁服侍。那卧室像一间巨大的谷仓,地板刚刚油漆过。果不其然,正在用餐的时候门开了,进来了(贵族出身的)沃·斯先生。他一身行装,脚蹬长靴、头戴大羊皮帽、身穿短袄,系一条皮带,看上去约莫三十五岁的样子。他开朗的、长着大胡子的脸上,一团困惑。我从桌边站起,用波兰语和他打招呼,希望自己考虑得足够周全,用的言词和语调配得上他贵族的血统和机要的位置。他脸上的困惑顿时化开了。原来,不管我舅舅如何向他保证,这个好小伙仍是疑惑重重,不知道我们彼此能否交流,他以为我会跟他讲外语。

后来有人告诉我,就在他坐上雪橇来接我的时候,还发出了心急的呼喊:“好吧,好吧! 我得走了,可只有上帝知道,我怎么才能让我们主人的外甥听懂我。”

我们从一开始就彼此理解得很好,他把我当孩子一样悉心照料。第二天一早,他用一件巨大的熊皮做成的旅行大衣把我包裹起来,然后呵护地坐在我身旁,让我有一种愉快的男孩般的感觉,就好像放学了家里人来接我回家。雪橇很小,像个玩具,在四匹红褐色的大马后面显得微不足道;那四匹马,成双成对地驾在一起。沃·斯和我加上车夫,我们三个人把雪橇挤得满满的。车夫是个年轻人,有蓝色的澄澈的眸子,他制服的皮衣领子高高竖起,框住了他欢快的脸颊,把他的脑袋也整个给围住了。

"好了,约瑟夫",我的同伴对车夫说,"你看我们六点前能到家吗?"车夫回答说:老天保佑的话,一定可以的。只要某些村子之间那些大片的地方没有太多积雪。那些村子的名字,听起来多么熟悉!约瑟夫是位优秀的车夫,他能本能地在大雪覆盖的田野上找对路,而且还有一种天赋,就是能让自己的马儿发挥到极致。

"他的父亲也是约瑟夫,或许船长还记得,就是那个为船长已故的外祖母驾车的人。愿她老人家安息!"沃·斯一边说,一边忙着用毛毯盖好我的脚。

我清楚地记得那个令人信赖的约瑟夫,那个曾经为外祖母驾车的约瑟夫。噢!不就是他让我生平第一次握住缰绳吗?还允许我在马车房门口玩四马马车大大的马鞭。

"他现在怎么样了?"我问,"是不是已经不驾车了?"

"他曾继续为我们的主人驾车。"沃·斯回答说,"但十年前因霍乱去世了,就是那次大瘟疫。他妻子跟他一起走了,然后全家人都走了,就只留下这么一个男孩。"

当时,《阿尔迈耶的愚蠢》正躺在我们脚下的箱子里,歇息。

就像儿时旅途中见到的一样,我又看到了平原夕照。火红的太阳落了下去,轮廓分明、一览无余地沉入雪中,就像海上的落日。

上次看到这片土地上的夕阳，已是二十三年前。太阳隐去之后，我们在黑暗中前行，黑暗被迅速地甩在了身后铅色的雪地上，直到在白色的雪原和灿烂的星空衔接的地方，突然涌出黑色的影子，那是乌克兰平原上一个村落四周的树。又有一两处农舍闪过，然后是一道没有尽头的矮墙。终于，在杉树形成的屏障后面，主人家里的灯光跃动着、闪烁着，影影绰绰地在林木间躲闪。

同一天晚上，浪迹天涯的《阿尔迈耶的愚蠢》被取了出来，不引人注意地放在了我房间的书桌上。舅舅用慈爱地、随意地语气告诉我，我住的这间客房，已经等我差不多有十五年了。但是，手稿没有引起这位在场的深情的长者的注意，他满含爱意地围绕在爱姊儿子的身旁。

"兄弟，你在这里的时候，是不会有太多独处时间的，"母舅说，"我会不时地来找你聊天。"这种称谓是从当地农民那里借来的，在情真意切、兴高采烈、心情大好的时候，大可以使用。

事实上，整座房子都成了我们聊天的场所，彼此不断地打扰。我会入侵舅父退居的书房，书房里最显眼的是一个巨大的银质墨水台。那是他五十岁生日的时候，他所有在世的被监护人筹资送的。从1860年开始，舅舅是南部三省很多出身地主家庭的孤儿的监护人。⑭ 他们中的有些人是我的同学和玩伴，但不管是男孩还是

⑭ 1772—1795年，波兰被俄、奥、普三次瓜分，激起波兰人民此起彼伏的反抗和斗争，产生了很多的流血牺牲和孤儿。1860和1863年反抗沙俄的活动和起义，又造成很多人牺牲。康拉德父母双方的家族亦深受其影响，多人死亡或被捕。康拉德的父亲是1860年革命运动的主要领导人，1861年被捕，1862年遭流放。

舅舅塔德乌什·波布罗夫斯基

女孩，没有一个人写过小说。其中有那么一两个，年龄比我大，而且大很多，我记得有一位在我年龄很小的时候来访，就是他第一次把我放到马背上，还第一次让我坐上了他的四马拉单身汉马车。他完美的骑马技术，还有对一般男性运动出众的技能，赢得了我儿时最早的倾慕。我好似记得母亲站在餐厅窗外的柱廊上，看着我被举上小马，而抱我上马的正是那个约瑟夫，那个专门为外祖母服务的马车夫，也就是后来死于霍乱的那位。我清晰记得他是身穿深蓝色制服的年轻人，外套没有衣尾，下身是肥大的哥萨克裤。当时在马厩工作的人，都是这种装束。我想那应该是在1864年，但用另外一种计算时间的方法，应该是在我母亲获得许可，被允许到南方拜访亲友的那一年。母亲跟父亲一起，去了流放地。为了陪同父亲流放，她同样经过了申请。申请被允许了，但其中的一个要求是她必须接受与流放者同等的待遇。然而几年后，为了纪念她的大弟弟，一些非常有影响的大人物为她争取到了探亲的许可，让她可以离开流放地四个月，拜访亲友。她的这位弟弟虽然英年早逝，却留下了大帮朋友。他曾经是沙皇皇家卫队的军官，在彼得堡的上层社会留下了被爱的记忆。

也就是在这一年，我对母亲有了更清晰的记忆，她不再只是一个满含爱意的、眉心开阔的、沉默的、呵护的存在，她的双眸，总流露出一种压倒一切的甜美。我还记得从远近赶来的亲族们，还有许多家族朋友中的长者，都来到她最爱的弟弟家，向她致以敬意和爱。而这位弟弟，在几年之后也将取代父母的位置，成为我的监护人。

马背上的康拉德、康拉德的母亲伊娃·波布罗夫斯卡

在那时，我并不理解这一切背后的悲剧意义，尽管我也记得医生们的到来。母亲身上并没有病人的样子，但我现在明白了，或许他们当时已经认定了她的死亡，除非是南方的气候，让她重新恢复已经渐近衰竭的气力。但对我来说，那段时间是一生中最幸福的时光。我有一个表妹，只比我小几个月，是个很可爱，又很容易着急的小女孩。她受到公主般的呵护，但活到第十五个年头，就去世了。还有其他一些孩子，现在也都已经远逝，有很多人的名字我也已经记不得了。而在这一切之上，笼罩着大俄帝国压迫我们的阴影，尤其是在 1863 年起义失败之后，这重阴影变得越发黑暗而低沉，因为莫斯科的新闻记者们在其国民心中煽起对波兰人新生的憎恨。

我此处记录的，是《阿尔迈耶的愚蠢》的手稿在过去发出的呼喊。但是，对成书印象的记录，并非出自心血来潮或不安的自负，因为它们亦关乎人，而且，这段过往的吸引力正在消逝。一个小说家要留给孩子的，不仅是由他艰苦创作的色彩和人物，还应该更多。孩子们长大成人后，天性中或许会有谜一样的东西，不为世人所理解，甚至是他们自己也不明白，而这些，正是无法改变的过去发出的沉寂之声，以及他们在无意识中做出的反应。作家的小说和他的孩子们的个性，都与过去有着遥远的关联。

只有在人的想象中，每一个真相才能找到它实际的、不可否认的存在。想象而不是创造，是艺术也是生活至高的主宰。对真实记忆想象的、确切的书写，或许可以很好地服务于对一切人性之物的虔敬精神。正是这种精神赋予故事写作者以想法，赋予回顾过往经历的人以情感。

故土[15]

如前所述，结束了从伦敦到乌克兰的旅程，我正在取出行李。《阿尔迈耶的愚蠢》的手稿已经跟随我三年多，到那时也已经长到了九章大，被毫不起眼地放在了两窗之间的书桌上。我没想到要把它放进桌子的抽屉里，但眼睛却被抽屉造型优美的铜把手吸引了。有两个烛台，每个烛台点着四支蜡烛，把房间照得像过节一样明亮。这间房等待流浪的外甥有很多年了，房间的百叶窗是拉上的。

在距离我坐的椅子五百码的地方，是村子里最近的农户。这个村子是我外祖父田产的一部分，也是唯一还留在家庭成员中的那部分。越过村庄，在冬夜无尽的黑暗里，卧着大片没有围栏的田地，它属于平原但并不呆板、贫瘠，而是能够给予人们面包的低矮的山岭，现在全被白雪覆盖，一片片黑色的树木依偎在山谷里。我来时的那条路，穿过村庄，恰好在庄园门口拐弯。有人在外面很深的雪道上驾着雪橇行驶，铃儿急促的响声悄悄溜进了无声的室内，犹如动听的低语。

我整理行李的时候，有一位仆人在旁看侍。他是来帮我的，但多数时候，只是恭敬地站在门口，帮不上忙。其实，我完全不需要他，但又不好告诉他离开。这仆人年纪尚小，至少比我小十多岁。自从 1867 年，我就没到过方圆六十英里的地方，但他诚实、开朗、农民的面容，看上去熟悉到有点奇怪的感觉。童年的时候，我在舅舅的庄园生活过，熟悉一些非常友好的面孔，而他，很可能是那些

---

[15] 选自《私人札记》(*A Personal Record*, 1912)第二部分，题目为译者所加。

康拉德出生的庄园

人的后代,是他们的儿子,甚或是孙子。但事实并非如此,他只是附近村子里的人,之前在一两家学着做过帮厨,刚刚被选拔到庄园里。我之所以知道这些,是因为第二天问了可敬的沃·斯。这个问题其实大可不问,因为不久我就发现,庄园里、村子里所有的面孔,对我来说都极为熟稔:一家之主蓄着长髯的严肃面容,初蓄胡须的年轻人的脸孔,金发孩童的小脸蛋,还有站在小屋门口的母亲们,她们端庄的、褐色的、眉心开阔的仪容;就好像我从童年就认识他们,而童年,宛若昨夕。

路上行人的车铃声,先是变大,又很快远去,村子里狗儿们的一阵狂吠,归于平静。舅舅坐在角落里的小沙发上,静静地吸他的土耳其长烟袋。

"您为我房间配的这张书桌,很精致!"我说道。

"这其实是你的财产。"舅舅说,目光片刻不离我,一半是出于好奇一半是因为不舍。自从我进到庄园里,他就这么看着我。"四十年前,这张书桌是你妈妈用的。在我们奥拉托夫的家,它被放在一个小起居室里。当时,我们心照不宣地把这个起居室留给女孩子们用,我的意思是给你妈妈和她的妹妹用。我们那位最小的妹妹,年纪轻轻就去世了。这个书桌是在你妈妈十七岁、妹妹十五岁的时候,尼古拉斯叔叔送给她们的礼物。你的那位小姨,是个非常宝贝、非常可爱的女孩,你大概只知道她的名字。她不像你妈妈,因为出众的容貌和思想而光彩照人,你小姨则以她理智的判断、天性的甜美和在与人相处时超常的能力与自在,赢得每个人的爱。她的去世让我们大家非常难过,遭受巨大的精神损失。如果她活着，将是娶她之门最大的幸事；作为妻子、母亲和女主人，她都将带给夫家无尽的福祉。她有一种能力，就是能够在自己周围制造平和满足的氛围。我想，只有那些无私去爱的人，才可能做到。而你的母亲呢，则要美得多，在容貌、举止和思想上都出类拔萃，但性格却没那么平和；因为更有才华，她期待的生活也更多。尤其在那段艰难的日子里，我们非常担心她的状况。那时，她因为父亲的突然离世而伤心致疾(父亲去世时，只有她一人在家陪伴)，而同时，她还被内心的斗争煎熬着。一方面，她深爱那个她最终要嫁的人，另一方面，她知道父亲是公开反对此事的。她珍视对父亲的记忆，无法置之不顾，无法忽略自己一直尊敬和信任的判断，但同时又感到无力抵抗如此深切、真挚的情感。身处这样的境况，她很难保持心灵和精神的平衡。内心在鏖战，她无法给予别人自己都难以拥有的平和。只是在后来终于与心上人结合之后，她心灵和情感不同寻常的天赋才得以发展，甚至赢得了敌人的尊敬和欣赏。她平和、坚毅地面对生活残酷的考验，这些考验是整个民族、国家与社会苦难的缩影。选择与丈夫一起流放，她实现了作为一位妻子、母亲和爱国志士最高的理念，高贵地代表着理想的波兰女性。

我们的尼古拉斯叔叔，并不是一个容易接近的人。我相信，除了崇拜拿破仑，他一生只爱过三个人：他的母亲，也就是你的外曾祖母，你见过她但可能不记得了；他的哥哥，也就是我的父亲；尼古拉斯叔叔在我们家生活了很多年，我们所有这些在他身边长大的侄儿侄女中，他只爱你妈妈。对于我们的小妹妹和她谦卑可爱的品质，尼古拉斯叔叔好像视而不见。当时，是我对小妹妹突如其来

康拉德的父亲和母亲

的死亡，痛彻心扉。不幸发生的时候，我掌管家族还不到一年。事发突然。一个大风的下午，妹妹坐着雪橇从特克拉·波托茨卡伯爵夫人家往回走。当时，我们患病的母亲住在伯爵夫人那里，为的是离医生近一点。你妈妈和你小姨每个礼拜轮流赶回家陪伴我。那时，家里只有我一个人，为了管理家族产业和处理复杂的事务而不能离开。那天陪侍你小姨回家的，只有马车夫和我们已故父亲的贴身随从瓦莱里。他们当时迷了路，困在了积雪里。当两个人挖积雪的时候，你小姨觉得耽搁得太久，等不及，就跳下雪橇自己去找路。这发生在1851年，离我们现在坐着的地方，不到十英里。

不久，他们找到了路，但雪又下大了，两个人都用自己的羊皮大衣和毛毯来包裹小妹，为她抵御风寒，尽管她不停地反对、命令，甚至是反抗。就像瓦莱里后来跟我说的："如果还有一点生命的火星在我身体里，却让小姐受到伤害，让我如何去见老主人受上帝保佑的灵魂？"又过了四个小时，他们终于到家了，可怜的老人被严寒冻僵了，说不出话来，车夫的状况也好不到哪里，但他还有力气把雪橇驾到马厩。我批评妹妹为什么这种天气还冒险上路，她回答说，无法想象让我一个人沉闷无聊地待在家里——这就是她的风格。匪夷所思的是，大家怎么会让她启程的呢？我想应该是劝不住。第二天，她试图掩饰自己的咳嗽，但很快肺部就感染了，三个礼拜后，她走了！小妹是我接管家族以后年轻一辈里第一个被死亡带走的人。瞧，我们的希望和恐惧多么虚妄！在所有的孩子里，我出生的时候身体是最弱的。有很多年，因为身体羸弱，父母甚至以为不可能把我养活，然而，我却比五个兄弟、两个姐妹活得都长；

还有很多同龄人，也先我而去；我还活过了自己的妻子和女儿；而所有知道这些事情的人里面，也只有你还在。我命中注定要把很多诚实的心、灿烂的前程、充满生命的希望，早早埋进坟墓里。”

他快速起身，叹了口气，离开了我，临走时说：“我们半个小时后晚餐。”

一动不动地坐在那里，我听着他快速的脚步声回响在隔壁房间打蜡的地板上，然后穿过四壁书架的大厅，他停了一下，把长烟袋放到烟斗座上，后来进了客厅(与大厅相连)，他的脚步声消失在了厚厚的地毯上，但我听到他书房兼卧室的门关上了。舅舅那时六十二岁，差不多有四分之一个世纪，是我最智慧、最坚定、最包容的监护人，给予我父亲般的爱和关怀，还有精神上的支持，即使是在地球上最遥远的地方，我都能够感受到他近在咫尺的爱。

尼古拉斯·波先生在1808年的时候，是法国军队的少尉，1813年晋升为中尉，还曾短时担任过马尔蒙元帅[16]的军令官。后来，通过维也纳会议建立了弱小的波兰王国，一直到1830年，它都拥有一支自己的军队。尼古拉斯先生在波兰军队的第二步枪骑兵团担任上尉。[17] 这些遥远的过往，多是家族传统的一部分，少数则是我亲眼所见；刚刚离开的那位老人，用一席话把它们召唤了回来。但是，尼古拉斯先生在我头脑中的形象，仍是非常的不

---

[16] 奥古斯都·马尔蒙(Auguste Marmont，1774—1852)，拿破仑的挚友和将军，后来背叛拿破仑，投靠路易十八。

[17] 1830年波兰起义失败后，其军队被沙皇俄国解散。

舅舅年轻时的照片

完整。显然我在 1864 年是见过他的，因为他不可能错过见我母亲最后一面的机会；对她的身体状况，他应该是知晓的。从儿时到今天，每当想要记起尼古拉斯先生的样子，眼前总是升起一团迷雾，在这雾里，我只能隐约看到一头梳理整齐的银发（这在波家族中是不常见的，他们的男子通常在三十岁之前，就得体地秃顶了）和清瘦、弯曲、挺拔的鼻梁，这一特征与波家族的身形相貌非常吻合。但是，尼古拉斯先生之所以活在我的记忆里，却不是因为这些会消逝的体征。在很小的时候，我就知道舅公尼古拉斯·波是法国荣誉军团的骑士，还获得过波兰十字勋章。这些辉煌的事迹，在我心中激起爱慕和崇敬，但不是这种情感——尽管它也很强烈——让我重温他个性的力量和意义，因为它被另外一种复杂的敬畏、同情、恐惧之情给压倒了。尼古拉斯·波先生对于我来说，永远是那个不幸的、可怜的（但也是英雄的）人，他曾吃过一条狗。

我听到这故事足足有四十年了，但它的效果丝毫没有减弱。我相信这是我生平第一次听到如此真实的故事，但直到今天，仍是不明白：它为何留给我如此可怕的印象呢？我当然知道村子里的狗长什么样，但还是……不行！直到今天，想起儿时的恐惧和同情，我就问自己：向这么一个冷漠的、难以取悦的世界讲述家族历史上这件可怕的事，对吗？尤其是波家族在广大的农村地区，向来以对酒食不俗的品味而闻名。但考虑到这次美食的降格影响到的英勇军官，实在是为了伟大的拿破仑而至此，如果保持缄默、只字不提，对“文字克制”的顾虑就有些夸张了。让我们把真相立在这里:责任应归于那个圣赫勒拿岛人[18],他在俄罗斯战役中的轻率行为令人震惊。就是在那次让人记忆犹新的莫斯科大撤退中,尼古拉斯先生和两位兄弟军官在一个村边套住了一条狗,吃掉了。对于另外两个人的品行和教养,我一无所知,只记得行凶的器械好像是一把骑兵的佩剑。在当时的情形下,捕杀这条狗是性命攸关的大事,与遭遇一只狮子几无不同。有一个哥萨克的纠察队,就睡在那个立陶宛森林深处的村落里。三位军官在冬日傍晚来临之前,大约下午四点钟,躲在一边悄悄地观察他们,看到他们在农户家里自在地安顿下来。三个人憎恶地,或者说绝望地看着他们。到了晚上,饥饿的草率提议战胜了谨慎对他们的拘管。三个人匍匐在雪上往前爬,一直爬到了干树枝做成的篱笆前。在立陶宛的那个地区,村子四周通常围着这种篱笆。他们当时期望得到什么,怎样得到,得到的东西是否抵得上风险,只有老天知道。

然而,这些哥萨克小分队通常没有军官带领,他们四处游荡,防卫意识很差,甚至是丝毫不加防范。况且,这个村子离法军撤退的路线很远,他们不会想到有大军团落伍的士兵来到这里。三位军官是在一场暴风雪中和主纵队走散的,已经在林子里迷失了几天,这就是为什么他们的境况如此困顿。三个人的计划是试着吸引离围栏最近的农户的注意,但就在他们要冒险进入狮口的时候——我这是打个比方,一条狗(很奇怪只有一条)开始在篱笆的那一边叫起来,在此情形下,这条狗的可怕不亚于一头狮子。

---

⑱ 滑铁卢战役之后,拿破仑被流放到圣赫勒拿岛。

这个故事，我从尼古拉斯·波的嫂嫂，即我的外祖母那里，听了很多遍(都是应我的请求讲的)。每当听到这里，我都激动得发抖。

那只狗不停地叫。如果它只是叫，拿破仑伟大军团的三位军官或许会光荣地死在哥萨克兵的矛头下，或者是逃脱追捕，体面地饿死。但是，他们连逃跑都还没来得及想，那只要命的、讨厌的狗，竟然因为太过激动和热情，从篱笆的一个缝里窜了出来。他一窜出来，就一命呜呼了。我听说，它的脑袋只一下就被从身上砍了下来。我还听说，后来在大雪覆盖的树林里，在一个隐蔽的小山谷里，生起了一堆火。猎物的状况被证明非常不尽人意，它不瘦，恰恰相反，胖得让人觉得不健康；皮毛多处脱落，很恶心的样子。然而，军官们不是为了它的皮毛才要了它的命。它个头不小，被吃掉了，剩下的是沉默。

这沉默让小男孩发抖，他坚定地说："我才不会吃一条狗。"

他的外祖母笑道："或许你不知道饥饿的滋味。"

后来，我学到了。并不是说我也被迫吃了狗，但我曾经以某种有象征意义的动物为食，用反复无常的高卢人的话说，那是"疯牛"；我也曾整天吃腌制过的垃圾食品；我尝过鲨鱼、海参、蛇的味道，还有一些无法描述的菜品，它们用的材料连名字都叫不出来，但立陶宛村子里的狗，绝没吃过！我希望在这里把问题说得明明白白：不是我，而是我的舅公——波兰绅士、荣耀军团的骑士等等，在他年轻的时候，吃了一条立陶宛的狗。

我真希望他没吃。儿时对这件事的恐惧，总是跟那位银发老

康拉德外祖母特奥菲拉·波布罗斯卡

人荒诞地扭结在一起，对此我一点办法也没有。然而，如果他是情非得已，那我们就可怜他一下，原谅他是在实际的军事行动中吃了那条狗，当时他正勇敢地经受着现代历史上最大的军事灾难。[19] 从某种程度上看，他这么做也是为了国家。舅公无疑是因为饥饿吃了那条狗，但也是为了一个不可遏抑的爱国的愿望；他们被一个伟大信念的光芒所指引，这个信念直到今天仍然活着。一个伟人[20]点燃了一个幻想，就像一座虚假的灯塔，引导着一个勇敢的民族去追寻，但把他们引偏了。

为了祖国！

从这个角度看，这一餐雅致而香甜。

从同样的角度看，我的“疯牛”餐则像是愚蠢而奢侈的自我放纵。我作为土地之子[21]——她其他的孩子都扛起了犁头，为国家抛头颅洒热血——我为什么要到茫茫的大海上去吃硬饼干和腌制的垃圾食品呢？即使是从最善意的角度看，这个问题也无法回答。呜呼！我相信清白、诚实的人会轻蔑地低语：“叛逃”，单纯的冒险也会因此而生出苦涩的味道。无法解释的，应该得到包容；在这个世界上，对于一个人行为的评判，没有什么解释是终极的；对于“不忠”的控告，不可轻易发出。生命易逝，它的表象会欺骗人；用我们不完美的感官去做判断，难保无误。内心的声音在秘密做出决策

---

[19] 《私人札记》成书于1912年，一战还没有发生。

[20] 波兰人曾经希望借助拿破仑实现复国的愿望。

[21] 当时的波兰，算是内陆国家（虽然在政治和地理意义上已经被瓜分），很少有人选择出海做水手。

的时候，或许仍是真诚的。对一个特殊传统的忠诚，也许贯穿在构成人一生的不连贯的事件中，而与此同时，这个人又忠于在无法解释的冲动下择取的道路。[22]

在人性当中，矛盾事物之间的紧密结合，有时候会让爱本身变成绝望的背叛的样子，这要解释清楚，怕是需要太久，抑或是不可能解释得清楚。有人说，嗜好是最有智慧的美德。我冒昧地想，它即使不是最不寻常的美德，也是最不普通的。我这样想，不是暗指人或者说多数人是愚蠢的，远非如此。理发匠和神父在全村人的支持下，公正地裁决与众不同的西班牙绅士及其行径。这位绅士从家乡一路赶来，打断了一个赶骡人的头，杀死了一群无辜的绵羊，还在某间马厩里经历了悲哀的事情。上帝不允许一个不肖的乡巴佬，就因为脚蹬崇高绅士的马镫皮带而逃脱应得的罪责。堂吉诃德的故事，是非常高贵、非常无私的幻想，他一无是处，只配激起下贱人的嫉妒。但是，这个崇高、危险的人物，其魅力不止一面，虽然他也有自己的弱点。读了那么多浪漫传奇，他天真地渴望以自己的肉身逃离让人无法忍受的现实。他想要眼对眼地见到阿拉伯之王，英勇巨人布兰达巴巴兰。巨人的铠甲是龙皮做的，他的盾牌绑在臂膀上，是一座城池的大门。噢，自然可亲的弱点！噢，一颗温和无邪的心，神圣的单纯！谁能不屈服于如此慰藉人心的诱惑？然而，这是一种自我放纵，来自拉曼查的别样绅士不是一个好

---

[22] 康拉德在英国成名后，传来了波兰国内一些作家和学者对他的质疑，质疑他不用波兰语写作、不为波兰的独立和解放而写作，有人甚至称他为“叛徒”，一度让康拉德灵魂痛苦，他在这里非常含蓄地为自己做了申辩。

公民，神父和理发匠的苛责不是没有道理。老国王路易・菲力浦在流放的时候说："人民从来不会出错。"我们虽不至于完全认同他，但得承认，当全村人口径一致的时候，是应该有它的道理的。疯狂！疯狂！堂吉诃德在客栈的井台边，行持械守夜礼，虔诚地冥想。一破晓，虔敬地下跪，让那个肥胖、狡猾的恶棍店主给他封爵。这种疯狂，几近完美。他骑行而来，头戴光环——实为守护神，守护所有那些被空想的无穷魅力腐蚀或成就了的人。

或许，当我的家庭教师发出感叹的时候，他要说的，就是这个意思。他的感叹，我牢记着。

那是在快乐的 1873 年——我生命中最后一个开心假期。在这之后，也有过闲散的岁月，也有它们的快乐和教训，但那一年是我作为学校学生最后一次度假。还有别的原因，也让我记住这一年，但说来话长，不宜在此细表，而且它们也与那个假期无关。在我的老师发出这个感慨的时候，我们已经游览了维也纳、多瑙河上游、慕尼黑、莱茵河瀑布和康斯坦斯湖。说实话，那次的假期旅游颇为难忘。当时我们正沿着罗伊斯山谷往上走，如同闲逛一般，并无跋涉之苦。乘卢塞恩湖的蒸汽船到达弗仑的时候，已经是第二天下午，暮色紧赶着我们悠闲的脚步，一路过了豪斯蓬塔尔。但这还不是老师发出感慨的那一天。在深谷的阴影里，有人居住的地方已经被落在了后面，我们的心思不在探究行为和伦理上，而是关心更简单的人生问题，比如食物和住所。目光所及之处，没有这些东西的影子。我们正想着往回走，突然，在路的拐角处撞见了一处房屋，在暮色中有些吓人。

好友格雷姆被画作《堂吉诃德》插图

房子独自兀立在山脚。当时正在修建圣格塔尔德隧道,巨大的挖掘工程是这处房屋存在的理由。房子虽然不大,但很长;也不高,是用木板搭建的;没有装饰,是简朴的营房样式;房屋的正面是黄色的,很朴素,排列着整齐的白色窗框;但它却是家旅馆,甚至还有自己的名字,只是我忘记了。在它朴素的门口,没有穿金边制服的侍者。一个相貌平平、健壮的女仆接待了我们,后来店主夫妇也出现了。显然,他们没想到会有客人来;这个奇怪的客栈,好似不希望有人突然造访。它简朴的风格,就像玩具诺亚方舟上的房屋,是它们构成了经不起风浪的船体。哪个欧洲孩童不曾拥有这样一件玩具呢?然而,客栈的房顶没有用折页连接,也没有木头做的彩绘动物和满身的细长板条,连游客这种动物都看不到。在一个又窄又长的房间里,有一张又窄又长的餐桌,我们坐在桌头,用了晚餐。这张长桌,在我看来就像一个跷跷板,大概是我太累了,睡眼蒙眬、看得恍惚,感觉它的一头好像随时可能翘起来,因为只有我们风尘仆仆的师徒二人坐在桌子一端,没有人坐在桌子的另一头保持平衡。饭后,我们匆匆上楼,房间里有松板的味道。我头还没碰到枕头,就酣睡过去了。

第二天一早,我的家庭教师(他是克拉科夫大学的学生)就把我叫醒。我们穿衣服的时候,他说:“好像有很多人住在这家旅馆。直到晚上十一点,我还听到谈话声。”老师的话让我很吃惊,睡得像块木头,我什么都没听到。

我们下了楼,到了那间有一张又长又窄餐桌的又长又窄的餐厅里。餐桌上摆着两排餐盘。房间有很多窗户,都拉着窗帘,其中一个窗前,站着一位高大瘦削的男性。他秃顶,在耳朵上方各有一撮黑发,还蓄着长长的黑胡须。他本来在看报纸,好像被我们的入侵惊扰到了,抬眼看过来。慢慢地,人们一个个进来,但没有谁看上去像旅人,也没有任何女性。他们彼此好像很熟识,却说不上健谈。那个秃顶的人,神情严肃地坐在了桌子的一端,整个氛围很像家庭聚餐。慢慢地,我们从其中一个健硕的、身着民族服装的女佣那里得知,这家旅馆为修建隧道的英国工程师提供膳食和住宿。这下我可以尽情倾听英语的声音了,虽然只是餐桌用语,但这些工程师们好像并不觉得需要在这些基本的东西上费什么口舌。

这是我第一次接触英国人,虽然在苏黎世和卢塞恩的酒店里,也看到一些英国游客,但那些游客好像不是普通生活中的人。现在回想起来,那个秃顶的人带有很强的苏格兰口音。像他这样的人,在海上和陆地上我都遇到过很多,比如"马维斯号"的大管轮,应该就是他的孪生兄弟,我忍不住觉得他们长得很像,但不知道为什么,大管轮跟我保证说他没有双胞胎兄弟。不管怎么说,那个审慎的、秃顶的、蓄着炭黑长须的苏格兰人,在我这个男孩眼中是个浪漫而神秘的人物。

我们悄悄从旅店溜了出来。按照规划好的路线,接下来要先经过弗克山口,进入罗纳河冰川,然后顺着哈斯里山谷往前走。我们到达山口的时候,太阳已经西沉,老师的感慨就是在这里发出的。

我们坐在路边,把在半英里外开始的争论继续下去。我确信那是一场争论,因为清楚记得老师如何试图说服我,而我,没有能力反驳，只能听着，双眼固执地盯着地面。这时，路上有响动，我抬起了头，然后就看到了那个终身难以忘怀的英国人。后来虽然也有些相识的人、熟识的人、同在船上工作的人，但我都没有如此清晰的记忆。此人急速东行（有一个面色忧郁的瑞士导游陪侍着），很有热情无畏的旅行家风度。他身着一套荷兰西装，但不知道是出于卫生还是谨慎的考虑，系带长靴里穿的是及踝短袜，让人觉得他的穿搭很有想象力，这也让他的小腿露在了外面，在高山上令人振奋的空气里，它们大理石般的光泽、莹润的象牙色令眼见者目眩。此人带领着一小队人马。他有一种一往无前的高贵气度，流露出对世人和山景的满足感，这种满足感就像亮光一样，映照着他轮廓分明、红红的脸；他蓄着短短的银色腮须，有一双单纯、热切、气概豪迈的眼睛。经过时，此人用友善、好奇的目光看了我们一眼，他硕大的、健康的、光亮的牙齿朝着坐在路边的年轻人和男孩闪了一下。我们像两个风尘仆仆的流浪汉，脚边放着一个朴素的背包。他结实的小腿发着光，粗笨的瑞士导游撇着高傲的嘴角，像一只不情愿的熊，跟在他肘边。三只骡子组成的一个小队，跟在这个鼓舞人心的热心家后面。两位女士骑行而过，一个紧跟着另一个，但因为她们的坐法，我只看到她们平静、沉稳的后背，还有长长的蓝色面纱从她们完全一样的帽檐垂下，披在身后。这一定是他的两个女儿。一头吃苦耐劳的行李骡，垂头耷耳地跟在后面，被一个气色灰黄、无精打采的马夫赶着。我的老师停下来看了一会儿，浅浅地笑了一下，又开始了他热心的劝导。

我说过那是令人难忘的一年！人一辈子不会两次遇到这样的

英国人。或许日常的事件却有着神秘的安排,而他是引导我未来的使者?他在关键时刻被派来,在阿尔卑斯的一个山口为我扭转局势?还有那伯尔尼高地的山峰充当沉默而庄严的见证?他的目光、他的微笑、他的不可熄灭的幽默和热情、他的一往无前的面容,皆令我振奋。有一点还须说明:其实在那天,在那块高地令人兴奋的氛围里,我觉得自己几乎要被完全摧毁了。就是那一年,我第一次大声说出了航海的愿望。一开始,就像那些超出人们听觉范围的声响——我们的听觉好像听不到它,就这样,我的宣言悄无声息地泯灭了。后来,通过不断地调试音调,我成功地在这里或那里引起了短时的诧异,收到了类似于"什么怪声?"的问询。再后来,人们的反应变作:"你听到那孩子说什么了吗?真是不同寻常的发作!"不久,一波震惊和愤怒(如果我说自己要加入加尔都西会修道院[23],反应也不会比这更强烈了)荡漾开去,出了教育和学术之城克拉科夫,波及几个省。波纹很浅,但传得很远,它激起了大量的规劝、愤怒、带着怜悯的诧异、尖刻的讽刺和彻头彻尾的贬低。重压之下我喘不过气来,也找不出话来应答。人们一定在想,塔·波先生如何处置这个让人烦心的外甥呢?我敢说,他们友善地盼望着舅舅能够马上结束我的胡言乱语。

舅舅所做的则是从乌克兰一路赶来,让自己立足在爱和智慧上,跟我彻底交谈,然后做出判断——公平公正、没有成见。作为一个男孩,我还没有形成自我表述的能力,但仍尽我所能地向他敞

㉓ 创建于11世纪法国的加尔都西山,以其严格的苦修闻名。

康拉德 17 岁时的照片

开内心的秘密，而他，也让我窥见他的内心和想法；我第一次见到了一座用之不竭、品质高贵的宝藏，充满清晰的思想和温暖的情感。在他有生之年，这个宝藏将始终属于我，可以带着不被欺骗的爱和自信去汲取。经过几次毫无保留的交谈，舅舅得出了结论：他不会让我以后责怪他——因为他无法变通的反对毁了我的一生。但是，我也必须花些时间考虑。除了自己，还要想到他人；除了对目标的忠诚，也要掂量爱与良知的分量。最后，他格外友好地劝诫说："孩子，要从大局着想。另外，试着年终考试的时候，考出好名次。"

学年结束了，我在考试中取得了很不错的成绩，这对于我来说（因为某些特殊的原因），比其他男孩要困难得多，这样一来我可以安心去度假了。那是一次长长的休假和旅游，我们游览了古老的欧洲大陆。在接下来的二十四年里，我将很少再看到它。然而，这好像不是本次旅游真正的目的，我怀疑它的目的是分散我的注意力，不再想出海的事，就此事已经有好几个月没人提起了，但我对年轻家庭教师的依恋和他对我的影响，则是人人皆知的。他很可能接受了一项秘密任务，劝我放弃浪漫的蠢念头。这个安排真是再好不过了，因为老师和我都未见过海。大海正慢慢向我们靠近，在威尼斯丽都岛的外滩，我们见到了。与此同时，他非常用心地努力，要完成说服的任务；在到达苏黎世之前，我开始觉得要被压垮了。他在火车上劝我，在湖中的船上劝我，老天，他甚至让我看不成瑞吉峰的日出！他对不肖徒儿的付出，毋庸置疑，这在之前的两年，他通过对我不懈努力的照料，已经很好地证明了。我不可能恨他，但他正慢慢摧毁我。在弗克山口，他又开始了对我的劝导。可能他和我都没意识到，当时他离成功近在咫尺。我绝望地沉默着，听他说，感受着那个影子似的、尚未实现的、被渴望的、梦中的海，正从我松弛了的意志里溜走。

热情的英国老人已经从我们身边经过——争论还在继续：这样一种生活，等到生命的结束，不管是在志向上、荣耀上还是良心上能带给我什么呢？这样的问题，我如何回答得了！但我好像已经不会被击垮了。然后，我和老师的目光相遇，彼此的眼睛里都饱含着真情。争论终于结束了。老师突然拎起包，站了起来。

“你是个不可救药的堂吉诃德，这就是你！”

我很惊讶。在十五岁的年龄，还不知道老师究竟是什么意思，但自己的愚蠢，却突然跟永垂不朽的骑士联系在了一起，隐约感受到一丝恭维。曾有人当面说过我蠢。唉！我不认为这有什么值得骄傲的。我生来不是匡扶正义、保护绝望少女的料，对此我的家庭教师心知肚明。因此，即使是在生气的时候，他还用一个高贵的名字来抨击我，这表明他比理发匠和神父要好得多。

我跟在老师身后，走了足足五分钟。然后他站住了，但没有转身。远处的山峰，把拉长了的影子投在弗克山口。当我赶上老师的时候，他转过了身。我们看到整个的芬斯特拉尔霍恩峰，它和巨人般的兄弟们昂起了头，映照着炫丽的天空。老师怜爱地把手放到我的肩头，说：

“好了！够了！我们不会再谈这件事了。”

他说到做到，就我神秘的职业选择，真的没有再说什么，后来

芬斯特拉尔霍恩峰

也没有人在任何地方，再加以阻拦。我们开始从弗克山口往下走，一路愉快地交谈着。

十一年后，我月复一月地站在圣凯瑟琳码头的塔丘，成了英国商船队的一位船长。然而，那个在弗克山口把手放在我肩头的人，却不在了。

我们旅行的那年，他拿到了哲学学士文凭。就是在这个时候，他明白了自己真正想做的是什么。服从内心的召唤，他立即开始了四年的医学院学习。有一天，我们的船停靠在了加尔各答，我打开了一封信，信里告诉我一段令人羡慕的人生，如何走到了终点。我的老师在奥属加利西亚一个无名的小镇上行医。信中说，当地痛苦的穷人，其中既有基督徒，也有犹太人，在墓地门口围住了医生的灵柩，哀号、落泪。

他的生命何其短暂，他的愿景何其清晰！在弗克山口，并立在山巅，他督促我保守好刚刚开始的生命，关照它的终点，而他，何曾想到自己在生命结束的时候，不管是在志向上、荣耀上还是良心上，会被如此厚偿？

重回波兰[24]

一

我从来不认为政治暗杀是解决问题的途径，对王朝继承人的暗杀，尤其如此。我不知道谋杀什么时候可以臻于艺术之完美，但运用理智冷眼旁观，它不过是粗陋的权宜之计，出于急切的希望或草率的绝望而为之。没有几个人的早逝，能够影响人类事务的进程，影响至多是表面的。更深层的原因之河，不依赖于个人或群体而运行；人受命运主宰，这一命运没有任何谋杀可以调解、改变或阻止。

去年七月，我是英格兰中部一座陌生城市的过客，与外部世界的政治断了联系。从来就不是勤勉的报纸阅读者，当时有些个人的原因让我更加孤陋寡闻，对报纸每天的实事报道知之甚少。报纸的内容，既无氛围，也无见解，对于一个有历史感的人来说，着实无味，我当时应该有一个月没读报了。

虽然身为陌生人身处陌生的城市，我并不孤单，因为有一位朋友随我到了那里；他纯粹出于善心，要在紧要的关头陪伴我。从最为私密的意义上讲，当时的日子有些难熬。[25]

就是这位朋友，在某天早餐的时候，告诉我费迪南德大公遇刺

---

[24] 选自《文学与人生笔谈》(*Notes on Life and Letters*，1921)。

[25] 1914 年 6 月 29 日到 7 月 8 日，康拉德在理查德·柯尔(Richard Curle，1883—1968)的陪同下，来到谢菲尔德，为长子入读谢菲尔德大学奔走。

的消息。我当时的印象很平淡，甚至没意识到世上还有这么个人，只记得他好像不久前到访过伦敦，能够回想起的也只是一团云雾般的、有关他到访的印刷文字。

对他，人们表达了各种不同的看法，但他作为大公、王位继承人的重要性，并非问题的本质。在这个世上，还有比大公更影子般的存在吗？而现在，他为暴行所害，离开了人世，反倒让人觉察到他人性的一面。这在他生前，我们反而感觉不到。我没意识到他的死与巴尔干阴谋或巴尔干憧憬有何关联，甚至于问朋友：暗杀发生在哪里？朋友告诉我是在萨拉热窝，他正在想这个严重事件会有什么后果，还问我接下来会发生什么。

我完全真诚地回答："什么都不会发生！"因为非常反感把暗杀当作政治砝码，我换了话题——这符合我一贯的伦理观，我一直认为残忍荒诞的行为不会有任何用处。我好似看到了一群影子般的大公，隐在背景里，从这一群里将会走出一个人，在欧洲舞台的灯光里，取代这位已逝的大公。其实像我这样一个很少关心时事的人，是不可能做出什么判断的。怎么说呢，我当时关心的是自家的事，并不是家里出了状况，而是正在准备一次令人神往的旅行。关于欧洲，我获取的都是二手信息，来自那些好心的、偶尔来看望我们的朋友。他们到来的时候，口袋里塞满了皱褶的报纸，漫不经心地回答我的问询，嘴角带着怀疑的微笑，不觉得我真的会对时事感兴趣。然而，我并非漠不关心，只是严峻的危机过后，巴尔干的紧张局势变作了老生常谈，不知不觉中就不那么引人关注了，大概是耗尽了众人的注意力。谁能猜到在那个疯狂的舞台上，我们刚刚

费迪南德大公遇刺漫画

观看了世界大戏剧的微型彩排？未来已经为原有的世界列强储备好了暴力与激情，而刺杀事件只是一个缩减版的模型。或许在此处或彼处，有些罕见的头脑已经觉察到了潜伏的危机，他们通过撰写评论或召开会议无事空扰地观察着欧洲的舞台运营，先知性地预测着等待它的命运。从精神层面看，他们的预测非常精准：一样的枪炮轰鸣，一样的对不公的抗议，一样的子虚乌有；还有民族、解放、正义——这些与微不足道的示威游行一样的情绪。今天，已经不能说买一张去彼得堡的票，负责预定的铁路职员会提醒你："您说的是彼得格勒吧！"阿德里安堡陷落之后，我的一位朋友经过索菲亚，在午餐的末尾，点了一杯土耳其咖啡。

"先生，您说的是巴尔干咖啡吧！"一位爱国的侍者非常严厉地修正了他。

我不会说自己在巴尔干战争的第一和第二阶段，没有观察到类似颇有教益的迹象。但是，那些听我论及潜在危机的人，很开心地把它当作我杞人忧天、愤世嫉俗的明证。对于忧患意识，我的观点是：恐惧是人的本性，它甚至是有益的；和勇气一样，它能够为民族或机构的延续做出贡献。但对于愤世嫉俗的指控，我总是本能地退缩。它像是控告一个人瞎了一只眼或者是精神残疾；愤世嫉俗是一种可耻的灾祸，得有志得意满的姿态才做得来——我没这个能力。与其被看作得意扬扬的残废，我情愿盲目相信那些显而易见的通行观点。有人向我指出，这些东欧国家与野蛮部落无异，他们的经济还停留在饲养家畜、靠天吃饭的阶段。欧洲高度发达的物质文明不允许战争的干扰。工业和金融的发展，不会容忍被一个闲散阶级的野心或者是普通大众的憧憬搅乱。

这些听上去好像很有道理,战争得不偿失。曾有一本书专门就这个问题展开讨论,试图把物质基础作为和平主义的基点。在商业和制造业全球化的今天,不可能提出比这更切实的观点了。战争是“糟糕的买卖”！此乃盖棺之论。

但是说实话,在七月份的那一天,我没怎么思考文明世界的景况。不管在它复杂灿烂的表面下涌动着多么邪恶的激情,我都在为一个朴素而单纯的愿望激动不已,没有留意到一些迹象并做出正确的解读。即使是最单纯的热情,也会钝化人判断的能力。当时主宰我的愿望,不过是去旅行。这个愿望如此强烈,得有非常明显的征兆,才能动摇我对欧洲大陆局势稳定的朴素信念。当时,我受情感而非理性的控制,我的双眼转向了过去,而非未来;对于过去,人们不会怀疑,那是一份朦胧而又确信无疑的财产,即使是最黑暗的挣扎,也会带上荣耀与和平的光环。

在这之前的五月,我们收到一个邀请,邀请我们去波兰的一处乡间别墅逗留数周,位置靠近克拉科夫,但在俄罗斯境内。这件事有风险,但一开始我就觉得值得考虑。我曾忠诚于大海很多年,离开大海之后,我发现自己的创作中很少有关于旅行的内容。我得说,对于旅行我的第一冲动是别碰它,但带着些许惊慌收到的这份邀请,激起了我情感中沉睡的力量。就是在克拉科夫,我陪父亲度过了他生命中最后的十八个月。也是在这座古老的君王之城、学术之城,我告别孩童时光,长成了少年,知道了什么是友情、爱慕,还有独属于那个年龄的思考和愤怒。就是在那些古老的城墙之内，我开始明白事理、建立感情、储存记忆和感受，而这些，我后来又都以猛力打破，投身到一种完全不相干的生活中去。一切恍如隔世。时光之翼为它们蒙上了一层暮色，我害怕如果亲身闯入，会发现自己创作的很多人物形象，其实是在拥抱年少时的一些人影。我心存惧怕，但恐惧本身令人着迷。比如，有人会深夜独自进入墓地，想在瑟瑟发抖中一窥究竟。而我的历险，将发生在白天，我也不是独自一人。邀请是向全家人发出的。[26] 这次旅行，有些迁徙的味道，像是部落入侵。总而言之，我的现在——所有那些给它内容和价值的东西——会陪伴着我，共同经历我的过去可能给出的考验。想到可以让同伴们看一下波兰的乡村生活，我很开心；我想在孩子们长大之前，带他们参观我曾经读书的城市，以免等他们有了自己的过往，而对我的过去失去兴趣。只有在我们年轻的时候，才有能力走出自己，模糊看到另外一个灵魂眼中的景象，分享他的情感。对年少的人来说，世间的一切皆为真实，且自公允，因为他们可以如此生动地看清景象，而一个上了年纪的人，或许会怀疑万物背后是否有实质性的存在。我相信孩子们鲜活的感受力；除非遗传是句空话，否则他们身上一定有根弦，让他们对世界这一角的景象、氛围和记忆做出回应；就是在这里，我自己的男孩时代接收到最早的独立印象。

七月份第三周的前几天，电报线忙碌地输送着有巨大含义的

㉖ 在1914年夏，康拉德和妻子杰西、长子鲍里斯(16岁)、次子约翰(8岁)一起接受邀请，回到波兰。

康拉德一家 1908 年的合影

字词,这些字词后来填满了蓝皮书、黄皮书、白皮书,令全人类惊诧不已,而我们当时却心情放松地做着旅行的准备,对它们未加关注。不就是尽可能快地穿过德国吗?有什么可担心的?

德国是地球表面上我了解最少的地方;整个一生中,只经过它两次。或许可以说,我见过它,但不熟悉。我所看到的那么一丁点儿,也只是透过飞快奔驰的列车车窗。我的那些旅程更像是朝圣,朝圣者匆匆赶向内心更深层次的需求,而非好奇于沿途的风景。眼前的这次旅行,我同样是毫无猎奇的欲望,只想在英国海岸睡去,如果可能,一睁眼就到了旅程的另一端——西里西亚境内。但事实上,像很多人一样,我也"感觉到了"——那个钢铁、化学染料、技术、效率的希望之邦,那个植根欧洲中心的民族,就像身处软弱的亚洲人和野蛮的黑人中间的欧洲人一样,有一种奇怪的虚荣心;他们自觉优越,这种优越感把他们的双手从一切道德束缚中解放出来,急不可耐地要担起"完美人的重担"——请容我这样形容。与此同时,他们的圣哲们在日耳曼森林的空地上,正在培植一棵愤世嫉俗的智慧树,一株见血封喉树。我们可以看到的是,这株树的阴影已经笼罩在了衰弱的比利时国土之上。不得不说,他们干得堂而皇之,用各种纯正的疯狂之水浇灌毒株,用他们佩戴眼镜的双眼,观察辉煌的血红之果慢慢成熟。关于和平、恐吓最真诚的话语,甚至是贬低之语,即使真的有人足够卑劣说得出来,面对德国圣哲的狂喜也是徒劳无益。如果树枝上的果子成熟了,一定是要落下来的。世上任何东西,都不可能将其阻止。

二

一开始我不明白为了什么原因，我的一位同伴决定我们的旅行要与众不同，我们将穿越北海，到达德国；而她的愿望，就是法令：我们从哈里奇出发，到汉堡。除了比多佛—加来一线长三十六倍以外，这条不寻常的路线还有些历险的色彩，与我们这次波兰之旅的浪漫情怀更相称。很多年以来，回波兰的计划一直活跃在我们眼前，充满了色彩和希望，但它又总是在后退，就像一座诱人的海市蜃楼，捉摸不定。

而现在事实证明波兰之旅不是海市蜃楼，怪不得他们兴奋异常：能一手抓住海市蜃楼可不是件小事。出发的这一天到了，时钟敲响了出发的时刻，行李正在下楼，一切都真实不过。波兰虽然被从地图上抹去了，但在现实中，它依然存在着；它不是人们只能在想象中前往的梦中国度。孩子们争论说，即使是父亲这样一个习惯于追梦的人，也不会把小说家想象的艺术推到这个程度，竟至于真的背负起行李，踏上去往梦中国度的旅程。

我们的家，栖息在肯特郡非常宁静的一个角落。在我们离开家门的时候，数周风和日丽的天空，突然遮挡了它的深蓝，开始落下细小的泪珠，滋润干渴的田地。田地之上，布了一层珍珠般的模糊，光线柔和，像是过滤掉了晴空万里的天空中所有刺眼、不友好、探寻的东西。我们没有人知道自己正奔向战争，而我，要用眼睛带走这一小片的大不列颠：几块田地，一座林木覆盖的山丘，几丛树木，一小段道路，外加散见各处的红墙之一瞥，还有打湿了的树篱之上房屋的瓦顶,被软软的雾和宁静包裹着。我感觉这一切好似是慈爱与温和精神的象征,紧紧地吸引着我;显然,它们对于我来说不是得自传承,而是来自拼搏,就如通过爱赢得女子的芳心——是一种无条件为之奉献的爱,而非征服。

这些奇思妙想,好似与眼前的事不搭边,我们只是做一次极为简单的欧陆旅行罢了,而且我可以确信的是:尽管同伴们跟我很亲密,但心中并无此等挂碍,他们有的只是掩饰不住的兴奋和愉快的期待。眼前土地的样貌与精神,是他们与生俱来的承袭,无须拼搏获取。靠拼搏获取的东西,有随时失去的可能,也因此而弥足珍贵,它占有着你——因为你怕自己不配——而非你拥有了它。而且,当我们一起坐在同样的车厢里,他们渴望的是一次空间的旅行,而我,越来越感到自己开始的是一次时间的旅程,去往过去;即使是对一个忠贞如一的人来说,这也够恐怖,而对于一个不知道如何抵制冲动以保持生命的秩序和延续性的人来说,尤为可怕;生命之于他及其良知,好似一系列的背叛。

我把如此私密的想法写下来,目的是解释为何我的意识里没有空间,来理解一场欧洲战争。不是说我忽略了这种可能,而是说我压根就没往这方面想。两者实无差别,因为即使我想到了,也只是一个普通的无知之人蹩脚而又不确定的判断。而且,可以确定的是,只有通过智识达到的十足的确信,才有可能阻止这次旅行,但显然这种确信不是大街上的普通人能够获取的。旅行既已开始,就好似不可逆转,即使是为了自尊也要进行下去。

伦敦,战前的伦敦,炫耀着它巨大的光芒,像是黑色苍穹上一

康拉德一家 1914 年的住处:可贝尔居

团可怕的火，而在黑色的雨夜，它拥有最美的、威尼斯般的样貌，湿漉漉的沥青街道，一湾湾的水洼，雨水睡在里面，泛着光。城里的大房子，黑魆魆地矗立着，就像是空荡荡的宫殿，浮在路面反射的光之上。

在市长官邸的四周，在柔和不完全的夜里，一切都正常进行着，带着迷人的气息，像是一座无生命的商业之城，被昏暗的城墙包围着。数以百万计的居民，无以止息地活动在其中，川流不息的车流，开着灯，汇成闪耀的河。

利物浦街，亦如寻常，接连不断的出租车，开过两重门，滑下斜坡，再上行，就像是一串没有尽头的挖掘桶，带来源源不断的客流，又把乘客带离火车站。高处的钟表面色苍白，做着不可阻挡的运转，宣告着和平的钟秒越来越少。去往荷兰、汉堡的港口联运列车要开了，好像并不缺乘客，人们无畏地、鲁莽地、无知地前往这些地方。车站像往常一样拥挤，如果说很多人的手里挥动着报纸，他们的脸上却没有太多表情。他们不会让我分心，我心里想的是：要从这个车站出发，开始我的寻根之旅，再合适不过了，因为三十七年前，就是在这个站，我第一次到达了伦敦。建筑虽已更换，地点却未改变。我在十九岁的时候，经过一段时间的试用和培训，成了一艘沿岸贸易船上的普通水手。然后，我第一次乘火车在英国做长途旅行，从洛斯托夫特来到伦敦，想要签一艘深水船，做一次南太平洋的远航。走出火车车厢，我一下步入了这座伟大的城市，就像一个旅行者进入了苍茫的、人类未曾涉足的荒野，不可能有比我更孤独的旅人了。在街上，行人穿梭在我的周围，但在这百万人当

19 世纪末的利物浦街车站

中，没有一个是我认识的。我不能说自己心中没有敬畏，但在那个年龄，情感很简单。当时的我兴高采烈，奔着一个明确的目标前进，而且我是在把一个思考成熟的计划付诸实践。首先，我要让自己成为一个有价值的海员，配得上这个职业，还有那些与我一起生活、并肩工作的人。其次，我得证明自己的存在，兑现一个未曾言说的生命诺言。两个目标的实现，都有赖于努力。在那时，生命的问题多么简单！在1878年9月初，在天空披着朦胧雾霭的这一天，我第一次来到了伦敦。

青春加坦诚的人生计划，如此看来，1878年算得上是上天眷顾的一年。进军这样一个世界，我所有的依靠，就是一张纸，它是从为伦敦做的攻略里撕下来的，并不比我的手掌大多少，被我抓在手心里。在过去的一些天里，我一直在仔细研究它，却从来没想过可以在车站乘坐交通工具，即使是在我走到街上之后，立身于两万辆出租马车之中焦急地辨认方向，也没想过叫一辆车来坐。这是因为一种奇怪的心不在焉，还是一种无意识的信念——人不能乘坐着出租马车去靠近生命中重要的时刻？这的确有些可笑。而我，也确实是在完成了去往澳大利亚的旅程，绕地球一圈之后，才第一次坐上了伦敦的出租马车。

我的口袋里还装着一份材料，是从报纸上剪下来的，上面有一家船运中介的地址。这家中介并不知名，但我无须把地址拿出来，因为它已经深深刻在我的脑子里了。我一边走一边自言自语地默念它，借助藏在手里的地图，在伦敦之海航行，因为我对自己发过誓：绝不向任何人问路。人在年轻时，爱做这样鲁莽的承诺。其实，如果我拐错一个街角，就有可能迷路，而如果我坚守承诺不问路，那有可能几天、几周都找不到路，最后曝尸在怀特查佩尔区[27]的死胡同里，就像在丛林中走失的独个旅行者一样。但我一路走到了目的地，没有犹豫，也没有出错，这第一次显示出我把一张地形图吸收和内化的能力。在后来的岁月里，这种能力帮助我在非常复杂的海域也能够准确把握方向，让托付给我的船免于搁浅。我要去的地方并不好找。它是一个藏得很深的院落，远离有标记、可通航的街道，迷失在密密匝匝的房屋中间，就像森林深处的一池暗水，需要从一个不显眼的拱门进入——犹如通过一条密道——方可到达。这是伦敦那座梦幻之城里一个狄更斯式[28]的角落。伦敦城的扩建，并没有用心设计的痕迹，却有许多怪异、阴郁的幻象，那位大师狄更斯先生对此知之颇深，知道如何运用他深得其中味的爱之魔法，在作品中呈现。我进的那间办公室，也非常“狄更斯”。当年滑铁卢的灰尘，积存在窗框和窗玻璃上；早期乔治时期的尘垢黏着在它的壁板上。

当时是下午一点钟，天气阴沉。房间烟熏的天花板上，吊着一盏汽灯，借着灯光，我看到一位老者，身着黑色绒面呢大衣，银灰的胡须、阔鼻厚唇、厚重的双肩。他卷曲的白发加上头部整个的样子，隐约让人想到意大利巴洛克艺术中魁梧的信徒。他站在一张

---

[27] 当时商船水手聚集的地方，有名的红灯区。

[28] 狄更斯(Charles Dickens，1812—1870)，被称作英国维多利亚时期最伟大的小说家，擅长描写底层人民的生活，多部作品的场景发生在伦敦。代表作有《荒凉山庄》《大卫·科波菲尔德》《远大前程》《雾都孤儿》等。

高高的、破旧的、倾斜的桌边，银边眼镜推到了额头上，正在吃一块羊排，那是刚刚从街角的小吃店送来的。

他一边吃羊排，一边把红润的、巴洛克信徒式的脸转向了我，带着询问的神情。

我一板一眼地发出了一系列声响，一定是很像英语的读音，因为老人的脸绽放出理解的微笑："噢！前些天就是你从洛斯托夫特给我写信，想要找份船上的差事，对吧？"

的确是我从洛斯托夫特给他写了信。今天，那封信的内容我已经一个字也记不起来了，但它是我用英语写的第一篇习作。显然他理解了信的内容，因为他开门见山地向我介绍说，他的工作主要是为年轻绅士们找到好的船只，这些年轻人一般想作为带薪学徒到海上谋生，目的是得到训练、积累经验，以后好做船上的长官。但他猜想我的目的有所不同，我不想做学徒，是不是呢？

的确如此。他人很好，接下去说："当然了，我看得出你是位绅士。如果条件允许，你的愿望是在船上做个一级水手，对不对？"

这当然是我的愿望，但他迟疑地说，恐怕没法帮到我。议会有一项法案，会处罚为水手谋差的行为。"议会——法案、法令。"他努力地要把意思讲清楚，好让我这个外国人明白。而我，只是惊慌失措地看着他。

到达伦敦还不到半个小时，我就一头撞上了议会的法案！多么无望的历险！然而，这位巴洛克信徒是位足智多谋的人，我们成功地绕过了法案中的字句，但没有损害其优良的精神。然而严格说来，那不是一个好公民应有的行为；回头看去，我年轻时的这桩

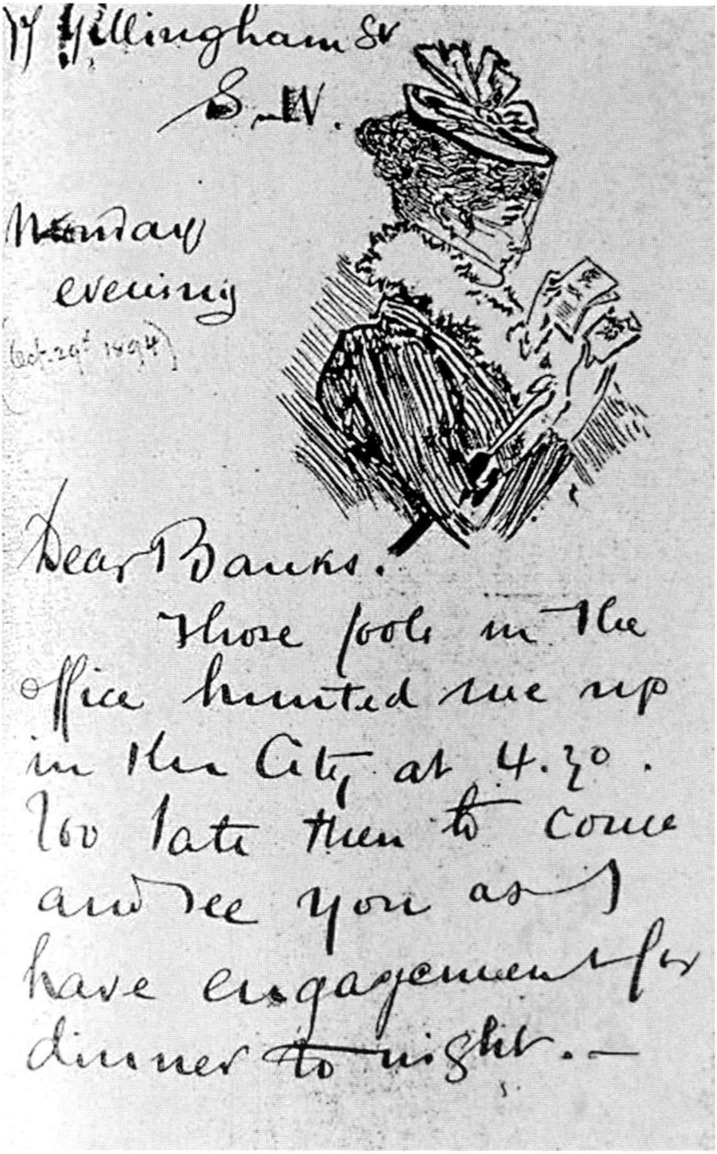

17 Gillingham St

S.W.

Monday evening

(Oct. 29th 1894)

Dear Banks.

Those fools in the office hunted me up in the City at 4.30. Too late then to come and see you as I have engagement for dinner to-night.—

康拉德写于 1894 年的一封信

罪有点不孝的味道，因为议会的这项法案，即维多利亚时期的《商船法》，从某种意义上来说，为我扮演了父母的角色。在很多年里，它调节、规训着我的生活，规定着我的饮食和生存空间的大小，看顾着我的健康，而且在一个危险行业里，尽可能地保证着我的个人安全。在一个可靠的议会法案的四角之内，过着努力工作、责任明确的生活并非坏事。而且，我很高兴地说，它的严厉从来没用到我身上。

1878 年是“和平与荣誉”之年，我像伦敦街道上其他的人一样，独自行走着，把自己托付给这个法案照管。而今，则是为了荣誉和良知而起的战争之年，我又来到了这里，但不再是一个人，而是拥有了宝贵而亲密的关系和纽带，完成了一些工作，书写了一些文字，确保了一些友情，好似是完成了一个三十六年的循环。

没有人觉察到战争天使已然等待、双唇已触号角，就等那致命时刻的到来。我坐在那里，心想：我们的一生，不是太长，也不是太短，却可以非常美好、有趣或哀伤；有些象征意义的意象和匪夷所思的关联，挤进了我约莫有半个小时的冥思和回想。

我也感觉到了，这场突然开启的旅行，会将我步步带离日常的真实。船驶入北海的时候，这种感受更强烈了。夜很黑，风一阵阵地刮过，我远离其他乘客，独自一人徘徊在甲板上。北海之于我，不仅仅是一个名字，而是一处难以忘怀的居所。有一段时间，它曾经是我学习航海技术的学校。我还可以安然地说，也是在这里，我学会了最初的一些英文单词。北海有时是一间狂野、咆哮的住处，但水并不深，像一所封闭的航海职业技术学院。从这里，我驶向了

北海上的渔船

更为广阔的大海。诺福克沿岸的水手，则是我的老师；他们靠海居住，四肢强壮、目光坚定、声音柔和；言语虽不多，但语无虚发；他们是一群诚实、强壮、稳健的人，因为家庭的捆绑而沉稳。在我的记忆中，这些水手个个可靠。

北海对于我的意义，便是如此。多年前，我总听到它在船的四周咆哮。我猜想，自那时起我的耳朵里便一直装着它的声音，好似没有比那些短小愤怒的声响更让人熟悉的了。我听着它们，嘴角泛起因重逢而生的深情微笑。

令人想不到的是，没过多久我的这所老学校就被暴力亵渎，四处飘荡着残骸，死亡行走在它的波浪上，躲藏在它的水下面。或许，就在我写下这些文字的时候，我的那些温和的老师的孩子，甚至是孙子们，正驾驶着悬挂海军军旗的拖网渔船出海，去打捞德国人的潜艇水雷。

三

如前所述，北海是我海员生涯的精修学校，在这之后，我驶向了更广阔的海域。与环绕地球的海洋所构成的巨大舞台相比，北海小巧、闭塞，但我对它所知亦不多，我的教室仅在英国东海岸沿海一带。在“和平与荣誉”之年，北海早已忘记了它所承载的历史上的战事。那是一段和平安稳的海岸，有农业、工业和渔夫们的家园。晚间，它的许多小镇灯光闪烁，光映到了云朵上；在万里无云之时，散落各处的小镇，像是卧在璀璨的水塘里，居于墨黑的陆地轮廓之上。有许多个夜晚，我手拉着背带，立在海岸的阴影里，像水手们惯常做的那样，羡慕那些岸上的人；他们可以听着海的声音，静静地睡在床上。我想，那些令人羡慕的、头枕枕头的人，大概没有一个因为即将来临的海战而不安。一代人用其短暂的一生，把战事带到了离渔夫们的家园如此近的地方。

虽然船航行的路线，远离我温和记忆中的那片区域，走在我不太熟悉的海域，但我能深切意识到周边环境的熟悉感。那天多云，天气很糟：自然的样子，不会改变，除非是历经千万年——抑或是数百年。北海的发现者腓尼基人，它的第一位帝国统治者罗马人，曾经历过类似的天气；即使是在七月的下午，光里也有寒冬的气息，这在他们本土的地中海是没有的。而我，年龄不小了才来到这片海，成了它的学生；对于它典型的样貌，我从受训时起，就记忆犹新，而今则是饶有兴味地识别着它们。一切如昨。灰绿色的大片水域看上去满是污垢，白色的泡沫像一列列山脊，龇牙咧嘴、满含愤怒地盯着人；覆盖一切的，是毫无生趣、灰色黯淡的苍穹，这天空显然是用湿湿的吸墨纸做成的。时不时地，一阵细雨飘过，就像是一缕轻烟掠过远处的黑点——那些打鱼的船，数量很少，很分散；它们焦躁不安地颠簸在时隐时现的天际。

阵阵细雨、颠簸起伏的船，让人们离开甲板、躲进船舱，正好适宜我忆旧的思绪。三十五年前，在北海或其他海上，行驶的多是帆船，见不到那么多的烟囱。多谢这不变的海，我几乎要相信自己回到了过去，却有一位德国乘客，定时从我眼前经过，打破我的思绪和幻想。他在船的甲板上一圈一圈地走着，带着德国人特有的果敢。有两个男孩围着他嬉戏，他们一边走一边打闹，就像两个无法无天的卫星绕着作为父母的行星旋转。他是把儿子们从英国的学校接回家度假。我真是想象不出来:是什么诱使这个理智的日耳曼人,把自己的孩子交给那个衰老的、腐朽的、糟烂的、罪恶的国家,接受它的不良影响呢?不可能是出于经济原因。我没跟这个人说话。他踩踏着这艘堕落的英国船的甲板,脚上带着轻蔑,而他的胸膛(在很大程度上,也包括了他的肚子)好似被他优越的使命感撑宽了。后来,我在一些后备军身上,观察到同样傲慢好斗的举止,带着一丝怪异的民族特性;这些士兵们当时途经克拉科夫,增援东部加利西亚的奥地利军队。的确,这个傲慢的乘客很有可能、或许就是后备军的一名军官,而那两个健壮活泼的男孩,也可能已经成了孤儿。事物因为时间的流逝而获取意义。一个公民、一位父亲、一名勇士、六百万参战士兵中的一粒尘埃、战争口中微不足道的一个分子,而在当时,他的人性并没在我的头脑中留下什么印象。对我来说,他是一个在甲板室拐角处鞋跟尖锐敲击甲板的声音,还有一顶白色的游艇帽、一袭绿色的长大衣,定期出现在我的眼睛与烟灰色的北海不断变换的天际线之间。他只是一个影子般的闯入者,被我无视;在离那儿很远的西方,在多格滩的方向,渔夫们在打捞每日的口粮——有时也会葬身其中;我还可以看到自己在 1881 年冬的一场经历,虽然无关战争,却是与自然的一场殊死搏斗。

当时,糟糕的天气持续了一周,其中还有令人憎恨的一夜,或者说是令人心中含恨的一夜(北海不是无缘无故被叫作德国海的)。好像储存在海洋心中所有的愤怒,一股脑儿倾倒了船上;我们的船别无他法，只能侧着身航行，它的姿态不自然、不舒服、很危险、令人无法忍受。除了我，船上还有十七位船员，都善良而坦诚。其中有一位高大壮硕的荷兰人，从日落到黎明的这段时间里，竟然一下消瘦了很多，就像被人放了气。在这之后很久，他虽然活动在我们中间，却满脸皱纹、浑身松弛，就像一只瘪了的气球。我们的甲板员则骨瘦如柴，就像刚从培训学校出来的小稻草人，很容易受惊吓；对他尚显稚嫩的神经来说，狰狞的德国海太可怕、令人无法承受——他呜咽起来(但不到一年，他就长成厚颜无耻的恶棍了)。在野蛮漆黑的夜里，甲板员凄凉的呜咽，透过狂风的间隙阵阵传来。当时的景象，再次鲜活地呈现在我眼前，好像都能感受到，远比德国乘客绿色的大衣、白色的帽子给我的印象更深刻——他不知疲倦地绕着甲板走，两个男孩围着他转。

船长突然告诉我说："一位好绅士。"也是从他那里，我知道了这位德国人是位鳏夫，每年两次乘坐该船。在一天里，每隔不久船长就从海图室里冒出来，跟我搭话。他心地单纯，头脑不是那么有趣。我相信他并无恶意，只是无意识地崇拜德国人。难怪像他自己说的，驾驶该船十五年，他在哈里奇待的时间与在汉堡停留的日子差不多一样长。

船长不停地重复："他们人很好。"但并不说细节，只是不住地点着头，固执己见，却自认睿智。他所认识的德国人，多是旅行推销员或小商人。但我很久之前就注意到，在德国人的天分里，有一种魅惑的力量，对肤浅的心灵和一知半解的头脑，尤其奏效。当平庸高度组织化，就会具备巨大的暗示性力量。它不是已经催眠了半个欧洲吗？眼前的船长，就非常受惑于德国品德的魔咒。另一方面，他对法国的轻蔑同样是泛泛而谈、不着边际。我试图对他的立场提出一点不同的看法，却让他心生怨恨。最后，他用非常疑惑的眼神看着我、咆哮道："我觉得你就是个法国人。"从此便与我这个不靠谱的人断绝了交流。

渐渐地，吸墨纸做成的天空和海面上大片的、平缓的、浅绿色的污点，蒙上了更黑的暮色，但颜色和质地没有改变。暮霭降临到了北海上。黑色乏味的山丘映入眼帘，点缀着东方微暗的水与云，岛屿的顶部镶嵌出德国海岸的边缘。尽管它们实实在在地存在着，但在渐弱的光线里时隐时现、难以捉摸——我遥望着它们古怪的姿态在海浪中起伏。这时，又有一位乘客来到了甲板上，身着黑色大衣、头戴灰色礼帽，胸前挂着望远镜黄色的皮带。他年纪略长，红润的脸颊上蓄着银色短须，很稀疏；鼻尖滚圆，这好似决定了他整个的面貌特征。的确，他脸上没有任何突兀的棱角。不像那位鳏夫，这位乘客看上去性情平和、慈爱，他把望远镜借给我用。他的妻子和小儿女们躲在船舱里，他觉得他们待在那里很好；他的大儿子，就在甲板的某处。

"我们是美国人。"他语气沉重地说，腔调有些特别。他的英语带着些口音，像是源自我们船长所说的"很好"的那一类人。美国人接着跟我讲，他们如何乘坐白星航运的船穿越了大西洋；在英国停留的时间，仅够从利物浦乘火车到哈里奇，他的家人（待在船舱里的那些）自然会有些劳累。

就在这时，有个二十来岁的小伙子从前甲板兴奋地朝着我们

博尔库姆灯塔

冲过来:“万岁!”他上气不接下气地喊:“万岁！德国的第一束灯光。”

两位美国公民以最大的热情紧握彼此的手,为此庆贺。我转过身,博尔库姆的灯塔矮矮地蹲在黑夜里,它耀眼的光射进我的眼睛。夜幕笼罩了北海。

我想,我从未见过如此灯光璀璨的夜晚,这让我充分认识到,从我航海的时候到现在,航海业发生了多么巨大的变化！一整天,我都感觉到海上的蒸汽船往来如织。它们一艘一艘一艘地经过,好像彼此追赶;波罗的海贸易、斯堪的纳维亚贸易、丹麦贸易、德国贸易,都顶着浪头重重地颠簸在海面上,驶向多佛海峡的大门。单独地或三两成群地,货船从灰暗、苍茫、没有阳光的远方驶来,好像在灰色、弯曲的地平线之下,储藏着大量这类神秘廉价的机械玩具,它们粗制滥造、源源不断。现在的蒸汽货船只为实用,丑陋不堪;一经想到人运用自己的聪明才智创造了它,心中油然而生无望的敬畏。这些差劲的作品,在海上的时候比在港口还丑,带着一丝无稽。从某个角度看,它们在海上的摇摆和跳跃,它们的船头生硬、机械地点击海面,都与帆船的跃起和飞腾旨趣大异,有一种滑稽的感觉,像是对高贵前辈的低劣戏仿;它们的建造者好似升级换代了,但不过是无趣、机械的劳工而已,自负而无优雅可言。

当这些货船开了灯(每一艘难看的货船,在它板平的两侧都装着乏味的灯光),整个夜空闪烁着廉价的电灯光,如同街上商铺散发的霓虹景象,这儿有、那儿有、处处都有,就像是城市的商业

20 世纪初的蒸汽货船

街被拆解、冲到了海面上。后来，赫里戈兰岛强大的光束切开了头顶的黑暗，这束光在云层下面和深不可测的夜里被无限延长了。

我一直留在甲板上，直到船停。有一艘蒸汽领航艇穿行在船只中间，因为浑身太亮，看不清它整个的样子。领航艇滑行过我们的船头，让一位导航员上了船。作为工作器械的船桨，怕是会像船帆一样，很快要销声匿迹了。导航员带我们上了那艘摩托领航艇。现如今，人类已经越来越少动用自己的体力，只要扳一下扳手、转一下轮子，就大功告成。这就是进步！然而，在机械出现之前，人们应对自然力量的老法子，还会要求人运用才智和急智。才智与肌肉力量的结合，才会造就一个更加完整的人。

领航艇小得惊人，就像只水里的小虫子，来来回回聒噪着，自大得不得了。在我们附近，易北河灯塔船的船体，在它巨大的圆形灯光下，安静地、黑魆魆地漂浮在水面上，像一个忠诚的黑色身影，守望着灯火闪耀的宽阔河口。

这是我对易北河的第一印象。我们在和平之翼的佑护下到来，而和平之神已准备飞离不幸的欧洲海岸。起初的这种视觉印象紧紧追随着我们，我发现要理性地相信那儿如今正被战事困扰、已经变作漆黑一团，是极其困难的。易北河灯塔船已经被拖离了岗位，赫里戈兰辉煌的灯束已经被熄灭，导航艇也已闲置不用，或者因为没有工作可做，派作了战争用场。很显然，在战争中一切理应如此。

如今，任何途经此地的海外贸易，都须慢慢沿着海岸爬行，一边紧挨着受尽战争蹂躏的漆黑海岸，另一边则是突然降临的死亡。我们那个周日晚上行经的大片海域，现在恐怕都已经变成了一个巨大的雷场，厚厚地耕种下仇恨的种子；而潜艇悄悄出海，或许就经过了那个地点——那艘昆虫般的导航艇不可一世地给我们送来导航员的地方。鱼雷、潜艇，海上战争的最新词汇！进步，在这场战争中昭然若揭。

这片海上还发生过其他战争！发生过赌注不可谓不高、牵涉其中的仇恨不可谓不强烈的战争。就在一百年前结束的那一场，英国舰队当时正在窥探布雷斯特，有一位美国人，或许就是富尔顿本人，向港口的长官和法国的元帅提供一种新发明，能够击沉每一艘不加防备的英国战舰，或者至少是其中的多数，这个建议根本没有被考虑。港口长官在向巴黎的部长汇报时，结尾处用了一个很雅致的句子来表达自己的愤怒："不应该以这种方式，致勇敢的人于死地。"

瞧啊！历史还没来得及酝酿另一场战争，让它在情感的热度和重要性上具有同等的规模，作古的气息已经降临到了那些牺牲自我、展现男儿情怀的字句上。自此，人类被自己掌握的机械弄得灰心丧气，其精神表现出明显的萎靡，而他的肉体变得如此强壮；他能够面对毁灭带来的任何致命的恐怖，而无法抵制任何运用偷偷摸摸杀人器械的机会。他的心灵手巧变得面目可憎，而他本人，也变作了中毒已深的奴隶。的确，在拿破仑时代之后，另外一种战争信条被某一个国家灌输给了它的人民，并向全世界推广。

四

从根本上讲，这次旅行对于我来说，不是一次前进或进步，而更像是重拾人生道路上的足迹，但在德国，我无迹可寻。我从未在那片国土逗留过。整体看来，这个国家没有展示出值得人回忆的慷慨、同情或宽宏大量，这着实令人费解。反倒是有一种根深蒂固、无法征服的地方褊狭观念，主要表现为嫉妒和虚荣，盘结在它的思想形式上，就像是一件散发着霉味的外衣。在很年轻的时候，我就本能地把目光转离它，犹如躲避一个危险的魅影。我相信，孩子和狗儿以其纯真而拥有一种特殊的识别能力，对于幽灵和即将来临的不幸，尤其灵验。

我任由自己被列车带着，穿越德国，好似它只是一个空间，没有风景、没有声响，没有战争的低语妨碍我刻意的心不在焉。或许，并不是那么的刻意！我们每个人对于自己来说，都是一道迷人的风景，而我，得注视着自己的个性从另外一个世界返回，就好似重温旧时月儿的圆缺。考虑到人性的景况，或许我无须为眼前所做的承担罪责。我们珍视生命的延续所带来的感动，而要捕捉这种延续性，只能运用一种方法——凝视。

我们到达克拉科夫的时候，夜已经深了。草草用了些晚餐，我对长子说："我还不想睡，要出去转转，一起吗？"

他蛮乐意。对他来说，这都是此次旅行有趣历险的一部分。我们出了旅店的门廊，走到了无人的街上，月光皎洁、四周静谧。我的确是在重温月儿的圆缺；感觉自己就像一个鬼影，竟然还记得该往右拐，以及街道大致的方向。这个发现，让我感到瞬时的亲切与诧异。

街道又直又窄，连着城市的市集广场。这个广场是小城的事务中心，也是休闲生活的中心。我们能看到远远的街道尽头，在那豁然开朗的地方，就是广场。街道拐角处有一位警察，他没有架子，但全副武装，在半夜还戴着一副雪白的手套，这让他的一双大手格外引人注目。警察转过身，看着一位满头灰发的外国老人挽着一位年轻人的手臂，用一种奇怪的语言滔滔不绝地说着什么。

广场洒满月光，在孤寂之中，显得尤为空阔。广场四周的房屋，脚边有花环灯饰，就像燃烧在一湾黛青水塘的底部。想当年，市政府无谓地坚持在石头间种树，而这些树，一直拒绝成长，它们比起我记忆中的受害者，没有丁点变化。另外，铺砌路面的工程也没有丝毫进展，跟四十年前我离开的时候一模一样。在明亮的广场上，有一块块被掀开的地砖，成堆的铺地材料看上去黑漆漆地堆在那里，就像银色海面上的黑色巨石，有点不祥的感觉。是谁说时间会制造奇迹？真是早该被推翻的迷信！就这些树和地砖来说，时间什么也没做。我们乘车快速从火车站到达旅店的途中，沿路的风景已经让我隐约感到，事物没有变化；此时，这种感觉在我的心中，又愉悦地得到了加强。

“我们现在的位置，是 A. B. 路。”我自命不凡地对同伴说。

这是镇上大一点的学生，为广场的一个边起的名字。这个城市，以其古典的学识和历史的遗迹而闻名。对这个街名，普通的市民一无所知，即使是知道，也不会拿它当回事。用它的人，也是它

克拉科夫城市广场

的发起者，都是学校学生。我们那群孩子，觉得这个名字很好笑，把它看作是一时幻象产生出的绝佳创造。即使是跟儿子说起这个名字的时候，我仍感觉到作为发起者的优越感。就在此时，不经意间抬头看墙，借着街角的灯光，我看到一块白色铸铁做成的牌子，上面用突出的黑色字体写着："A. B. 路"。老天！街名竟然被官方采用了！任何镇上的顽童、流浪儿、卖药草的妇人、流浪汉，都可以自由谈论 A. B. 路、走在 A. B. 路上、与朋友在 A. B. 路相约，它现在变作了地址簿中的一个名字。我被事物极强的变异性震惊了。时间的确可以制造奇迹，此言不虚；市政府盗用了一个奇思怪想，把一个俏皮的玩笑变作了一块可怖的铸铁。

我建议我们一起走到这条街的尽头。我仍叫它这个被亵渎了的名字，只不过失去了由衷的快感，反倒是觉得有些讨厌。这也是时间的一个奇迹：我态度的转变，大概用了不到一分钟。我跟同伴解释说，街道的尽头有一条路，我想去看看。

在我们的右侧，圣玛丽教堂不规则的高大塔楼直冲浩渺的夜空，有影子的塔面很黑，其他的面，则发出粼粼的光。远处的弗洛瑞安城门，在教堂的尖顶下显得厚重、敦实，用旧城墙宽实的肩膀挡住了街道的去路。街上铺着黛青的石板，两边房屋朝街的一面散发着银色的光；街景浅淡而狭长，这让城门的拱顶显得小巧又引人注目。

视线中没有一个人，甚至连耳朵也听不到一声脚步的回响。我的记忆被唤醒，从中走出一个十一岁的男孩，走进了这条清冷、无声、空荡荡的街道。他慢吞吞地沿路走来，要去一所收日间学生

圣玛丽教堂

的小学。从弗洛瑞安城门数起，第三座楼就是小学所在的地方，学校在二楼。那是 1868 年的冬天，每天早上八点，不管风吹日晒，我都要沿弗洛瑞安街走上去。但对学校，却记不得什么了。我相信，在和我一起遭罪的那群人中，有一位成了很受认可的史料编纂者。虽然我就读的第一所小学有诸多不足，但我也没有受太大罪。对学校里的麻烦，我有些浑然不觉，因为有个私人的痛苦，啃噬着我的心——这也是我父亲最后一次患病的时候。每天傍晚七点钟，我转身背朝着弗洛瑞安城门，一路走下去，要经过大广场很远，才来到一所很大的老房子，它位于一条狭窄僻静的小巷。老房子里面，有一间很大的会客厅，这个大厅装着壁板，但没有多少家具，檐角很厚重，天花板很高。周围一片昏暗，两支蜡烛燃起了一圈光晕，我坐在一张小桌前，绞尽脑汁、满身墨迹地准备功课，直到把它们都做完。我劳作的小桌，面朝着一扇高高的、白色的门，门是关着的；有时，门会打开一条缝，戴着白色贴头帽的修女会从门缝里挤出来，悄悄走过房间，离开。家里有两位悄无声息的护理修女，几乎听不到她们的声音。是啊，有什么可说的呢？当她们确实要跟我讲话的时候，嘴唇也几乎不怎么动，用的是修道院那种清晰的耳语。我们的家务，由二楼邻居家的老管家代管。邻居是一位教士，在紧急情况下，会让管家帮我们忙。这位管家也是少言寡语，她穿一件黑色长裙，丰满的胸前挂着一条十字架项链。虽然她说话的时候，嘴唇动的幅度比修女们要大，但从来不会让自己的声音高过平和的喃喃声。我周围的空气，弥漫着虔诚、顺从和静默。

我无法想象，如果自己不是个爱读书的孩子，会怎样？做完学校的功课，我将无所事事，只能呆呆坐在那里，看着病人房中可怕的寂静从关着的门里飘出来，包裹我恐惧的心。我想，作为一个无助的孩子，我应该会发疯。但是，我爱读书。周围全是书，台面上、桌子上、地板上，全都是——我们还没来得及安顿下来。我不停地读！有什么是我没读过的呢？有时候，那位年长的修女，悄悄走到我身边，向着敞开的书页，投以不信任的目光，然后把手轻轻放在我头上，用怀疑的低语建议道："或许你不适合读这样的书。"我则会抬起双眼，无语地看着她的脸；她微微做出无可奈何的手势，悄悄走开。

再晚些时候，但也不总是这样，我会被允许踮着脚尖，进到病人的房间里，向卧在床上的人体说晚安。这具人的身体，很多时候并不知道我的出现；即使是知道，也仅仅是眼睛慢慢地转动一下。我尽职尽责地把嘴唇放在他没有知觉、搁在床单外面的手上，然后再踮着脚尖走出来。之后，就到走廊尽头的一间房里，去睡觉。我经常都是哭着，沉沉睡去。

我带着令人难以置信的恐惧，等待着即将发生的事情。有时候，我能成功地把眼睛转离它，但每时每刻，都对不可避免的事怀揣着一种可怕的感觉。有些时候，我也会反抗，但这些反抗会剥夺我对宇宙秩序简单的信任。最后，当不可避免的事终于进到了病人的房间里、白色房门大开的时候，我却一滴泪也没有。我怀疑，教士的管家一定觉得我是整个地球上最冷酷无情的可怜虫。

葬礼如期到来。那天，所有学校的学生们、大学学术委员会的成员们、商业协会的代表们(如果他们有留心)，也都会注意到那个小可怜虫的冷酷无情。我的头痛着，里面除了几个词，什么也没有，只会说："完了""好了"（在波兰语中，这些词更短），或者类似的话——不停地重复着它们。长长的队伍出了狭窄的巷子，走上了长长的街道，经过了圣玛丽教堂参差的塔楼下哥特式的正面，朝着弗洛瑞安城门走去。

月光泻下清辉，古城一片静寂，城中有辉煌的墓碑，也有悲惨的记忆，我好似又看到了那个小男孩。那天，我跟着灵车，和前后保持着距离，独自走在送葬队伍的前头，能感觉到庞大的人群跟在我身后，高高的黑色灵车笨拙地摇晃着，前面有身着白色法袍的牧师唱着颂歌，细长蜡烛的火苗通过了城门低矮的拱顶；一排一排的人们摘下了帽子，站在街道的两旁，神情肃穆、目光坚定。在那个晴朗的五月的下午，半个城市的人都出动了。他们不是来致敬一个伟大的成就或璀璨的失败，逝者与他们一样，都是无情命运的牺牲品，这命运切断了一切美德与荣耀的路径。他们只是来向一个人致敬。这个人怀着热烈的忠诚，用他一生的言行践行了一个信条，而即使是人群中最单纯的心灵，也可以明白和感受这个信条。

我感觉，要是再在那条狭窄的街道待下去，我们会被那些由我唤起的鬼魂围住，无法脱身。他们蜂拥而来，神秘而迫切，还带着坟墓的气息，我闻到尘土的味道，也嗅到昨日希望之虚妄。

"孩子，咱们回酒店吧！"我说，"时候不早了。"

那天晚上，我做梦都没想到会有战争。接下来的两天，我走亲访友。亲友们以最贴心、最友好的方式欢迎我，但就我对战争的担心，一笑置之。他们根本不相信，觉得这是完全不可能的。第二天

康拉德父亲的墓碑,上书:沙俄的殉道者

晚上，我坐在旅馆的吸烟室。这间吸烟室是一个有些荒谬的私人空间，是城里少数几个精英的圣殿，里面总弥漫着淡淡的宗教气息，比我去过的任何俱乐部读书室都更安静。我们聚成一小撮，以合乎该团体的尺度，小声讨论着时局。

有一位蓄着一头精致银发的绅士，突然用不耐烦的手指指向我的方向，大声发问："我想知道的是，如果有战争，英国会加入吗?"

吸了一口气，我坚定不移地为内阁代言："一定的！我以为时至今日，整个欧洲都明白这一点了。"

他抓住我的翻领，轻拽了一下，为的是进一步强调，然后掷地有声地说："如果像你说的，英国会加入，而全世界又都明白这一点，那就不会有战争。德国不至于疯狂到这个地步。"

然而，第二天中午我们就读到了德国的最后通牒。接下来的一天，德国正式宣战，奥地利发布动员令。我们被困住了。我所能做的，就是让一家人撤离，躲开头顶落下的炮弹。我能想到的最好选择，是立马带他们到山里去，那里有一处非常有名的波兰疗养胜地——我也的确这么做了，坐上了接下来三个星期里最后一辆被允许离开克拉科夫的平民列车(十一个小时才走了一百英里)。

在那里，我们跟来自各地的波兰人待在一起，不是被官方拘禁起来了，而是得不到坐车或出行的许可。那是美好而又心酸的两个月，或许不宜在此渲染当时境况的悲惨。整个国家的人，眼看着厄运在最后的灾难中降临，没有办法相信任何人、呼吁任何人或向任何一方求助，他们失去了所有的希望，甚至是最后的幻想，又因为思想的混乱、良心的不安,而无法获得斯多葛式的慰藉[29]。这一切,我都看到了。很高兴我没有几年活头了,不用老是记着那种可怕的感觉——好像无可躲避的命运,在那么多悲惨的岁月之后,以可视可感的恐怖形象出现,用钢铁的唇齿低语最后的判词:毁灭——消亡。

但是,就此说得够多了。对于我们这个小家庭,最让人痛苦的是拿不准西方的情况究竟如何。被困在那边,很难描述事态看起来有多丑陋、多危险。比利时已经被打垮、践踏致死;法国在连遭重击后屈服,有点像1870年的军事溃败;而英国呢,则被卷进这个灾难性的联盟,她的军队被牺牲掉,她的人民陷入恐慌!当然,波兰的报纸只有德国提供的消息。我们自然不会相信读到的所有东西,但有时,要足够坚定地做出反应是极端困难的。我们曾经关起门,谁都不见,一家人坐在一起斟酌那些消息,寻找漏洞、发掘谎言、搜寻希望的理由、相互打气,真是一段生不如死的日子。人们经常带着危急的消息来问我:"你怎么看?"我总是不厌其烦地说:"不管已经发生了什么,或者将要发生什么,不管谁想求和,你尽管放心:英国绝对不会。如果需要的话,哪怕是十年,她也能扛。"

但是,这说得也够多了。经过波兰友人不懈的努力,我们终于获准前往维也纳。一到了那里,美国之鹰的羽翼护住了我们不安的心神。我们无法表达对美国大使的感恩之情(他自始至终关心

---

[29] 斯多葛主义(Stoicism)为古希腊主要哲学派别之一,其影响贯穿整个西方历史,宣扬坚忍和自足。

康拉德一家

着我们的命运)，感激他为我们的付出，感激他无价的帮助，感激他在维也纳真正友好地接待我们。得益于彭菲尔德先生的斡旋，我们获准离开奥地利。我们能够逃离，实属侥幸。大使大人后来告诉我的美国出版商，他在我们离开一周后接到命令，要求把我们拘禁到战争结束。我们在千钧一发之际，逃到了意大利，后来到了热那亚，从那里登上了一艘从爪哇返程的荷兰邮轮，这艘邮轮途经伦敦。

如果不是过于强大的现实遮蔽了过去，我在那条航线上的每一英里都能捡拾到回忆。空荡荡的地中海、直布罗陀海峡的紧张形势、比斯开湾出海的护卫舰、英吉利海峡的英国潜艇，都让我们看到战争的迹象。数不清的漂网渔船挂着海军军旗，布满了狭窄的水面。有两位海军军官在南福兰上了我们的船，引导我们穿过白垩山丘。

白垩山丘立在那里，满载着我航海生涯的回忆。但是，一个个体无用的过去对于现在的我来说，还有什么意义？当我们的船头转进了泰晤士河口，空中传来一声轻微但深沉的震荡，带给我们的是震惊而非一个声响；这个声响，好像错过了我的耳朵，直击我的内心。我本能地转头，去看儿子们，却碰上了妻子的目光。她的感受亦是深刻；弗兰德斯海岸大型枪械发射的声音，经过长途跋涉、穿越灰色的海面传来——它们，塑造着未来。

第二部分　航海[30]

[30] 这部分选自《大海如镜》(*The Mirror of the Sea*, 1906)。

登陆与起航

一

水边的船，来了又往，

只在此，做一两日的歇止。

杰弗雷·乔叟[31]：《乡绅的故事》

登陆与起航，标记着船员生活和轮船生涯有韵律的回摆。从陆地到陆地，是一艘船现世命运最精确的定义。

起航，并不像自负的陆居人所想的那样；“登陆”这个术语，则更容易理解，一艘船与陆地相接，关键是要眼疾手快、天朗气清。起航并不是说船离开港口，就像登陆和到达不是同义词一样。起航，有这样一个特别的地方：这个术语，与其说是一个航海事件，不如说是一个明确的行动；这个行动，包含着一个过程——要依据罗经刻度盘，精确地观测一些地标。

登陆的地点，不管是奇形怪状的山峦、怪石嶙峋的海岬，还是连绵的沙丘，都是一眼就能瞧得见的，对它更多的了解则会紧随其后，但从根本上讲，不管登陆的好与坏，它都是随着一声“登陆咯！”而完成。起航，则很明显的是一个航海的仪式。一艘船可能离开

---

[31] 杰弗雷·乔叟(Geoffrey Chaucer，1343—1400)，英国中世纪最伟大的诗人之一，代表作《坎特伯雷故事集》。

19 世纪的泰晤士河

港口有段时间了,她[32]也可能已经在海上实实在在地航行数日,尽管如此,只要她离开的港口还看得见,水手们就认为她还没有开始真正的旅程。

起航对水手来说,即使不是对陆地最后的一瞥,也是对它做最后的职业上的识别,起航是技术上而非情感上的告别。从这一刻起,船员就断了与船尾方向陆地的瓜葛,这是很个人的事情。其实,不是船起航了,而是船员通过交叉定位法开始了自己的旅程。他会在空白的航路图上,用铅笔打下第一个小叉,等到中午的时候,船的位置会再由另一个小叉来标记,天天如此。从一片陆地到另一片陆地,在一艘船的航海图上,或许会有六十、八十个小叉不等。在我的经历中,最多的一次是一百三十个,那次是从孟加拉湾沙头引航站航行到锡利群岛的灯塔。一段糟糕的航程……

在职业上,起航被看作是对陆地最后的一瞥。起航总是好的,或至少不会太糟,因为即使是有浓雾,对一艘船头朝向广阔大海的轮船来说,也没什么。而登陆,则好坏皆有可能。你会一眼锁定陆地上的某个点;在一张空白的航路图上,不管一艘帆船留下了怎样迂回曲折的路线,她总是奔着那个小小的点而去——它有可能是海洋里的一个小岛,有可能是漫长的海岸线上唯一的海岬,或者是断崖上的灯塔,甚至仅仅是一座犹如海上蚁丘的山巅。但只要发

㉜ 在西方,通常用女性来指称船,没有特定的解释,但有一些通常的说法,比如:水手都是男性,船是他们爱的对象;船就像女性,捉摸不定;船又像一位母亲,在大海上佑护着水手,等等。

现它是在预定的方位，登陆就是好的。大雾、风雪、夹杂着云和雨的大风——这些才是成功登陆的敌人。

二

有些船长会很伤心地从祖国的海岸起航，满怀忧伤和牢骚。他们会有妻子、孩子，或不拘哪一种的情感羁绊，甚或是一些无伤大雅的恶习，这些都必须被抛在身后一年甚至更长的时间。我记得只见过一个人轻松跳跃地走在甲板上，船起锚的时候，他发出兴高采烈的呼喊。事后得知，他除了一堆债务和被起诉的威胁，什么也没留在岸上。

另一方面，我也知道一些船长，船一驶出狭窄的海峡，就会从船员们的视线中消失三四天，甚至是更长的时间；他们会一头扎进自己的船舱里，几天过后才出来；到那个时候，已是眉心舒展。这样的船长，比较好相处。况且，船长完全的退避，好似隐含着对船上副官令人满意的信任；而被人信任，是每个配得上船员这个称号的人，都会喜欢的。

我第一次做大副的远航，是和好人麦克维船长一起。我记得，自己当时是整艘船实际的掌管者，感觉很受抬举，可以无忧无虑地把事情做好。然而，不管我的这种幻觉有多么膨胀，事实上，真正的船长就在那里，支撑着我的自信。虽然我的眼睛看不到，但知道他就在枫木饰面的舱门后面——舱门的把手是白色陶瓷做成的。

船起航之后，是船长用压低了的声音告诉你他想法的时候了，

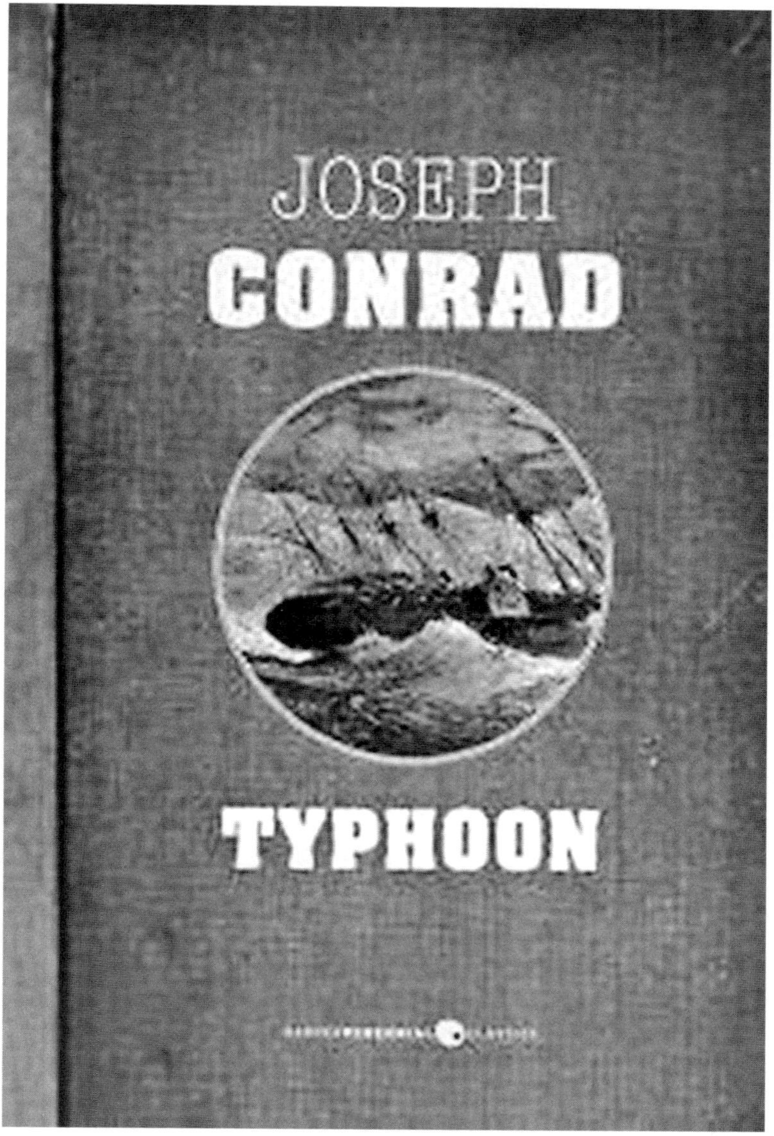

康拉德以麦克维为原型的作品《台风》

声音就像是从一座庙宇的至圣所传出的，因为不管你称她是庙宇还是“漂浮的地狱”——有些船是这么叫的——船长的特等舱一定是每艘船上最威严的地方。

在开始的几天里，好人麦克维船长甚至不出来用餐，而是独自一人待在他的至圣所，吃一个用白色餐巾盖着的餐盘里的东西。我们的侍役，曾经用讽刺的目光看着光光的盘子。离开家人的悲痛，困扰着很多已婚海员，但好像并没影响到麦克维船长正常的食欲。事实上，侍役几乎每次都凑到我旁边，坐在桌子顶端船长的椅子上，严肃地低语道：“船长要再来一片肉、两个土豆。”我们这些做下属的副官，能听到船长在舱里走动的声音，或者轻轻打鼾的声音，或者深深叹气的声音，或者在洗手间哗啦哗啦用水的声音。事实上，我们是从锁孔里向他汇报情况的。他温和的性格有一个最大的成就，就是在给我们答复的时候，总是用亲切、友好的语调。但有些船长在退居的时候，脾气很火爆，好像一听到你的声音就烦，视之为伤害和侮辱。

不过，一个脾气暴躁的隐士，一般不会烦扰他的属下，反而是那些责任心很强（抑或是太把自己当回事）的人，持续地在甲板上晾晒他的郁闷，整个白天甚至是大半个晚上都不消停，成为很大的麻烦。他在船尾踱着步，四处投射阴郁的目光，好似要给整个大海投毒；如果你恰巧在附近，又碰巧犯了错，那目光会凶残地把你的头咬下来。这些怪异的行为，对于一个水手和船上的副官来说，都很难忍受，因为在航程开始的那几天，没有一个人会有好声腔——遗憾、回忆、对刚刚抛下的闲适生活本能的向往、对一切工作本能的憎恶,搅扰着大家的心绪。另外,在航程的一开始好像有个诀窍,就是什么都别扭,尤其是一些让人烦躁的小事。心里老是想着:接下来差不多有一年的苦日子等在那里。因为在过去,一次往返南半球的航程,怎么都不会少于十二个月。的确,船员们在起航之后,需要有几天的时间来各就各位,让深水船上抚慰人心的日常工作,慢慢发挥出有益的影响。

船上的日常工作对于医治头痛和心痛,都是拿手医生,我曾经见过它——至少是在一段时间里——安抚最躁动的灵魂。日常工作会给人健康、平静和完成一轮劳作的满足感;船上每一天的生活,都像是在海天之间这个宽广的空间里完成一个循环。大海一成不变,有帝王般的气度;航行其中的船,好似也具备了王者的尊严。爱海的人,也爱船上的日常。

没有什么地方的时间,比海上的日子、星期、月份更快地归为过往。它们好似轻而易举地被抛在了船尾,就像船后漩涡里激起的轻盈的水泡,消失进巨大的静寂,而船则好似凭借着一股神奇的效力,一往无前。日子、星期、月份飞逝而过,唯一能打乱船上有序生活的,是大风。一成不变的生活,好似对船员的声音都施了咒,也只有即将到来的登陆,才会打破它。

在登陆来临的时候,船长的情绪会再次被强烈地搅动,但不是驱使他过隐居的生活——躲起来不动,把自己关在小小的船舱里,用好的胃口来安慰自己。在登陆临近的时候,船长会被一种无法征服的躁动折磨着,好像无法在他的至圣所待上几秒钟;在登陆迫近时,他会来到甲板上,瞪大了眼睛眺望着前方。他会一直保持极

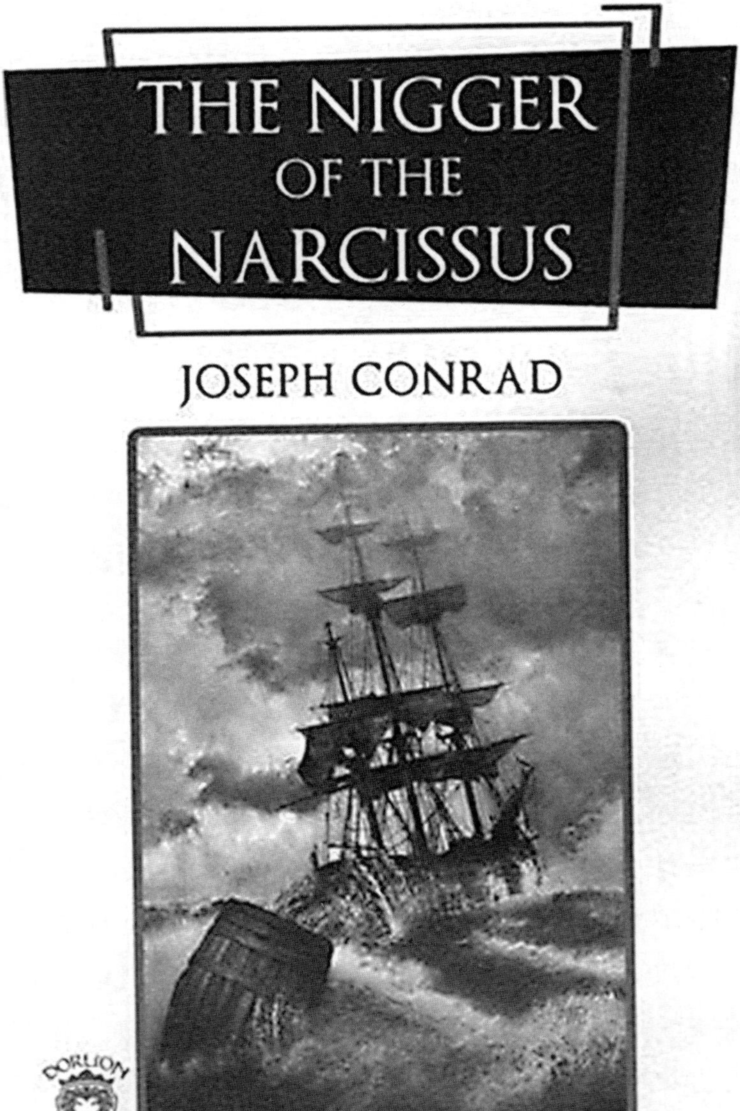

康拉德描写海上生活的经典小说《“水仙号”上的黑水手》

端警觉的状态，与此同时，船长的身体也会因为没有食欲而虚弱；这至少是我的经历，虽然“虚弱”这个词未必确切。或许我更应该说他的精神得到了升华，让他无视海上生活所能提供的食物、睡眠和一切日常的舒适。但我也知道有那么一两个例外，他们对生存所需的脱离，因为酒而没能完满。

这两个例外，准确地说，应该是因为有病。在整个航海生涯中，我也只见过两例而已。这两位船长，都是出于纯粹的紧张而渴求刺激，就其中的一位，我不能说他的船员品质因此受到了丝毫的影响。当时的情况的确让人心焦，登陆发生地很突然，而且靠得太近，方位又不太对，天气的能见度很低，又有朝岸上刮着的大风。船一靠岸，我就去船舱里跟他讲，结果很不走运，看到船长正在开酒瓶。我得说，当时的情景吓了我一大跳，虽然对船长近乎病态的敏感性格，我早有觉察。幸运的是，在不被他看见的情况下，我设法退了回去，然后尽力让海靴在船舱的阶梯上发出很大的声响，这时候，才重新走进他的船舱。有了这个意外的发现，在接下来的二十四小时里，他的任何举动都没有让我感到他神经有何不对头。

三

还有一个很不同的例子，与可怜的波船长有关，但与酒无关。波船长在年轻的时候，每当船靠近海岸，就会患上呕吐头痛病。与我相识的时候，他已经五十开外，身材矮小、微胖，气度威严，或许还有那么一点点自大。他博学多识的头脑，超乎寻常；看外表，最是不像水手，却一定是我有幸为之服务的最好船长。我想他应该是普利茅斯人，是一位乡村医生的儿子，他自己的两个大儿子也都学医。波船长掌管的是一艘伦敦的大货船，在当时很有名。我非常敬仰他，因此也尤为自豪地记得，他在船上跟我说过的最后几句话——那是在完成了十八个月的航程之后。当时是在敦提码头，我们刚刚从加尔各答运回满满一船黄麻。那天早上，我们结清了薪水；我重回到船上取我的水手储物箱，顺便与船长道别。波船长用他高傲但礼貌的方式，询问我接下来的打算。我回答说，自己想乘下午的火车去伦敦，打算参加船长资格考试。那时，我的资历刚刚达到考试要求。他称赞我珍惜时日，语气中显示出的关切，令我吃惊。这时，他站起身，问道："通过考试之后，你有意向中的船只吗？"

我回答说，自己还没有任何打算。

他握了握我的手，然后说出了让我终生难忘的话："如果你碰巧需要工作，请记住：只要我有船，你就有船。"

我想，应该没有比这更高的赞许了。一位船长在航程的终点，在工作完成、上下属关系结束之后，能够对自己的二副说出这样一番话，实属难得。但在记忆中，这份承诺包含着一份凄美，因为波船长再也没出过海。我们经过圣赫勒拿岛的时候，他就病了；我们到达苏格兰西部岛屿的时候，他已经卧床不起，只是硬撑着起身，指挥登陆。他坚持留在甲板上，用疲惫不堪的声音，指挥着船前进，一直到白垩山丘。到了白垩山丘，我们做了几个小时的停泊：船长给妻子发了封电报，还请来一位北海导航员，帮他把船沿东海岸驾驶。船长觉得自己已经力不从心了——接下来的航程，需要一艘深水船船长不分昼夜地站在甲板上，做时时地观测和指挥。

水手储物箱

我们到达敦提的时候，波夫人已经等在那里，准备带他回家。我们坐同一列火车到了伦敦，但等我设法通过了考试，船已经在没有波船长的情况下起航了。我没有再上船，反倒是接受了邀请，去老船长的家里拜访他。这是唯一一位我以此种方式拜访过的船长。当时，他已经不用卧床，像他自己宣称的“已经好得差不多了！”船长蹒跚着迈出几步，走到起居室的门口欢迎我。显然，他还不想在人生的航路图上画下最后一个小叉，然后起航开始另一段旅程——那将是一个水手踏上的唯一一段不知道终点的航程。

船长的家里一切都好——大大的、光照充足的房间，他的深背安乐椅安放在弓形窗里，有靠背，也有脚凳，还有那位年长温和的女性安静、勤谨的护理。她为船长生了五个孩子，然而，在他们三十多年的婚姻生活里，或许跟他在一起的时间加起来不到五年。房间里还有另一位女性，身着朴素的黑裙，头发灰白，笔直地坐在椅子上，绣着什么，边绣边时不时地侧眼瞧着船长的方向。在我拜访的整个过程中，她都没有说过一句话，即使是在喝茶的时候，我给她端了杯茶过去，她也只是默默地朝我点了一下头，紧闭的唇边，显现出一丝不易觉察的微笑。我猜想，她一定是波夫人未婚的姊妹，来帮忙照顾姐夫。船长最小的儿子——应该算得上是晚年得子——大概有十一二岁的样子，好像是位了不起的板球手，满腔热情、喋喋不休地讲述 W. G. 格拉斯[33]的伟绩。我也还记得船长

[33] 格拉斯(W. G. Grace，1848—1915)，英国著名板球手，为该项运动的发展做出了贡献。

的长子，一位新晋的医生。他带我到花园里吸烟，带着职业的严肃神情不住地摇头，内中显露出真切的关心。他喃喃地说："家父胃口一直好不起来，这让我很担心——非常担心。"我看到波船长的最后一眼，是在转身关上前门的一瞬，他在弓形窗里朝着我点头。

这个印象清晰而完整，我不知道该叫它登陆还是起航。船长坐在深背安乐椅里，不是非常自在；无疑，他有时也会带着登陆时警觉的神情，定睛注视着前方。他当时没有跟我讲工作的事，也没有谈船，也没说自己准备好了再去做船长，而是说起了自己年轻的日子。他用病人的那种任性的谈话方式，说得很多但不由人推敲。两位女性看上去有些担心，怕他讲话太多，但也未加制止。而我在这次会面中对他的了解，远远超过了我们共同航行的十八个月。他好像是在铜矿贸易中做了学徒；当时的铜矿贸易很有名——船只在斯旺西和智利海岸之间往返，运出煤，运进铜矿石，每一程都装得满满的，好似不加节制地对抗合恩角的风浪。这个贸易需要坚固的船只，它同时也是培养英国西南各郡忠诚水手的伟大学校。有一整队底包铜皮的三桅帆船从事着这项贸易，它们的筋骨和板条都很结实，传动装置也是——那是航行在海上的最坚固的船只，由吃苦耐劳的船员驾驶，由年轻的船长们指挥。这项贸易，早已废止。船长倚在靠枕上，腿上盖着毯子，近乎炫耀地说："那就是我接受训练的学校！"也是在铜矿贸易中，他年纪轻轻就做了船长，而且，就是从那个时候起，每当船长途跋涉靠近海岸，他就会病上几天。但这病，曾经会随着看到第一个熟悉的地标好起来。后来年岁渐长，所有的紧张都不见了。波船长说这些的时候，我看到他疲

19 世纪英国与殖民地的铜矿贸易

惫的双眼稳稳地盯着前方，就像在他和海际线之间没有任何遮挡；不管一位海员期待看到什么，他所看到的东西都将首先出现在天际线上。但我也看到他的双眼满含爱意地看着房间里的人、墙上的画、家里熟悉的一切；它们清晰不变的样子，一定在海上艰难、焦虑的时刻，时常闪现在他的记忆里。他是在专注于一次陌生的登陆吗？还是心神宁静地为最后一次起航看清方向？

这很难判断，因为没有人能够从这一场旅行中返回，登陆与起航皆是瞬时完成，两者相融为同一片刻，唤起人至高无上、最后的专注。但确定无疑的是，我不记得看到他病弱的脸上有任何动摇的神情，没有一丝年轻船长在陌生海岸登陆时的紧张和焦躁。对于登陆和起航，他有太多经验！难道他不是在布里斯托尔海峡那著名的铜矿贸易中做的学徒吗？那是漂浮在海上的最坚固的船，是培养忠诚海员的伟大学校。

希望的象征

一

要把船锚提起来，首先得把它放下去，这是再明显不过的老生常谈，却一下把我带回到一个话题，即这个国家的报纸对航海用语的亵渎。

那些记者们，不管他们报道的是一艘船还是一个舰队，一定会说“抛”下船锚。但是，船锚从来不会被“抛”下去；对技术语言的滥用是一种犯罪，是对臻于完美的语言之美、之清晰及其精确性的犯罪。

船锚是一块锻造过的铁，极好地派上用场；而技术用语是一种手段，由积年累月的经验锤炼至完美，在用途上，无半点瑕疵。过去的船锚（因为现如今，有些巧物充任着船锚，要么像蘑菇，要么像爪子，没有特定的式样——就是个钩子）以自己的方式，充当着最有效的器具。它的形制，是其完美的明证，因为没有任何其他的器械，形体如此之小，却如此重要。请看一艘大船的船首锚架上悬挂着的锚！与巨大的船体相比，它是多么的小巧！如果锚是金子做的，它一定会像个小首饰、小点缀，就像女性耳垂上的小珠宝。然而，就是在它们身上，不止一次地系挂着船的命运。

船锚的锻造和形制，都是为忠诚服务的；只要有落脚点，它就能咬住；只要缆绳不断，它就一直坚持；如果缆绳断了，不管船后来如何，锚都是“有去无回”了。这么一块忠实、粗糙的铁，其样貌如

船锚

此简单,但它的组成部分,却比人的四肢还要多,它有锚卸扣、锚杆、锚冠、锚爪、锚柄、锚轴。而所有这一切,照记者们的说法,都会在船到达泊位的时候,被抛下去。

坚持要用“抛”这个可恶的字眼,大概是因为某个特别愚笨的陆居人以为,船停泊的过程就是要把什么东西扔到船外,然而,时刻就位的锚本来就是在船外面的;它不是被抛了出去,只是被放开,落了下去。锚本来是挂在船侧一块很重的、凸出来的木头上,这块木头叫锚架,锚架又是套在一个短小、粗壮的铁链上的。命令一经发出,大锻锤就会把铁链的末端砸开,或者是拉一下控制杆,锚就会被松开,落下去。船长的命令,不是像短评作者想象的那样,让船员把锚“抛出去”,而是“放开!”

事实上,船上没有什么东西,是那样被“抛下去”的,除非是带铅头的导线,被投放到海里测船下的水深。一艘被风吹打的救生艇、一根备用的桅杆、一个木桶或船上其他没有绑好的东西,有可能会漂走;再有,船本身开动的时候,需要解开所有的缆绳,但是,她却从来不会抛下船锚。[34]

用严格的专门术语来说,一艘船或一个舰队“停靠下来”,其中隐含的没有说出或写出的话,当然是“落下了船锚”。不那么专业,但并不是说不正确的说法是“下定船锚(anchored)”;这个词清晰简

---

[34] 在这一小段里,康拉德列出了与航海有关的几处用“cast”的情况:第一个意思是“抛,投”,是他批判的报纸用法;第二个用法,是在短语“cast adrift”中,表示“漂泊不定”;第三个用法,是在短语“cast to port”中,意思是“解开缆绳”。

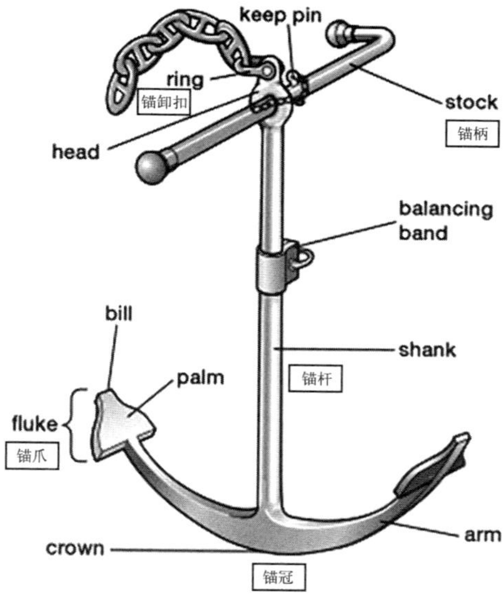
keep pin
ring
锚卸扣
stock
锚柄
head
balancing
band
bill
shank
palm
锚杆
fluke
锚爪
arm
crown
锚冠

船锚的构成

洁、语音铿锵，应该足够世界上最伟大的航海之国的报纸使用了。比如，“船停靠在了斯匹特黑德”，还有比这更简洁、更带给人航海感觉的句子吗？但“抛下船锚”这样的把戏，佯似海洋用语，实则不然，对一个水手的耳朵来说，很是听不惯，干脆说“扔下船锚”“推下船锚”或者是“投下船锚”好了。记得我年轻的时候，认识一位海岸导航员(他曾经非常热衷于读报)，他如果想界定那些不通海务的陆居人，就会说：“他属于那类可怜的、悲惨的、要‘抛下船锚’的恶棍。”

二

从一开始到最后，水手的心思都会记挂在船锚上，不仅因为它是希望的象征，更因为它是船上最重的物件，是水手日常职责的一部分。一段航程的开始与结束，都很明显地由船锚标记。航行在海峡中的船，陆地总在视线中，船锚就会被缆绳系得紧紧，始终处于待命状态。在水手的想法里，锚与陆地密不可分。但船一驶离狭窄的海域，奔向广阔的水面，在她和南极之间没有任何阻挡的时候，锚就会被收起，缆绳也会从甲板上消失。但锚不会消失，用专业的话说，它们被“安置在了船上”，就躺在前甲板上，被绳子和铁链捆得牢牢的，位于主桅扯起的风帆下面，看上去很闲，好像睡着了。锚被捆绑着，但也被好好地看护着；它们虽然不动，但非常有力量，在夜间与值班的水手做伴。日子就这样滑过，那些造型独特的铁块，做着长长的休眠。它们在休息中前行，几乎在甲板的任何地方都能看到它们，静静等待着到达世界另一边的某个地方，重新开始它们的工作。船载着锚飞快向前,船下喷出泡沫,溅起的海水锈蚀着它们的身体。

最先靠近陆地的时候,船员们往往还看不到,通常是大副向水手长干脆利索下达的命令,预示着登陆的临近:“我们今天下午把锚放出去”或者“明天一早我们把锚放出去”,具体要视情况而定。大副是船锚的保管者,是船锚缆绳的护卫者。船有好的、坏的,有舒服的、不舒服的。有些船,从航程的第一天到最后一天,都让大副的身心无片刻宁静,但船的表现常常是人为的结果——这是水手们总结出的智慧。毋庸置疑,这话大体上是不差的。

然而,就像一位满头灰发的大副曾经告诉我的,有些船“好像总是不对劲!”我们当时站在船尾楼上(那是在码头,我像邻居一样去拜访他),他补充说:“这艘船就这样。”他抬眼看着我的脸,眼中含着职业的同情,但马上纠正我自然萌生的揣测:“噢,不是,老人家没什么问题。他从不乱加干涉,任何做得有水手样子的事,他都能接受。但是,在这艘船上,什么都不对劲。我告诉你为什么吧:她天生难侍候。”

“老人家”当然是指他们的船长。就在我们说话间,船长戴着大礼帽、穿着棕色外套走了出来,朝着我们友好地点了点头,然后上岸了。船长看上去还不到三十岁,那位年长的大副,低声对我说:“这就是我们老人家。”他接着给我举例,说他们的船有多么难捯饬,语气中含着不满,好像在说:“你可不要以为我因此记恨她。”

例子并不重要,重要的是有些船可能的确有问题,但不管船如何——不管她是好是坏,是走运还是背运——大副们都觉得待在

船头休眠的锚

船的前头更自在。尽管他是整艘船的大管家,但船的前面部分是属于他的,那里有他的船锚、他的支架、他的前桅;当船长出来主事的时候,船头就是大副的领地。那里也是水手们的休憩之所,大副有责任为了船的福祉,不计天气如何,安排他们工作。当听到“所有水手就位”时,大副是唯一从船尾一路催促着来到船头的人。在船上这个独裁的王国,他是船头的总督,对这一区域发生的事情,负有更多的责任。

也是在这里,当船靠近陆地的时候,他会在水手长和木匠的帮助下,跟自己一班的人把锚挂到船外去,因为他对和自己一起值班的人更熟悉。大副会确保缆绳和绞盘都准备好、压气机打开,然后下达最后的命令:“不要靠近缆绳!”在这之后,他就专心等候;船静静地慢速向前,驶向她的泊位;等到船长大喊一声:“放下船锚!”他会立马俯身向前,看着那令人信任的铁块,突然重重地落下去。他得双眼紧盯着,看船锚下行是否干净利索。

船锚落得干净利索,就是说它没有被自己的链子缠住——船锚在从船头下落的时候,它的每一个部位都必须避免被缆绳绕住,否则,停泊就失败了。除非缆绳拉动锚卸扣的时候顺顺当当,要不然的话,不管泊位多么理想,船锚也是信不过的。因为,万一出现情况,它一定会走锚;器械和人一样,只有被公正对待的时候,才会很好地发挥才能。船锚是希望的象征,但落锚失败的话,就会比最虚假的希望还糟糕,因为它会诱使人们或一个国家怀有一种安全感,但即使是最有保证的安全感,也不是个好参赞。这种感觉,就像陷入疯狂前那种夸张的自我感觉良好,紧随其后的却是灾难。

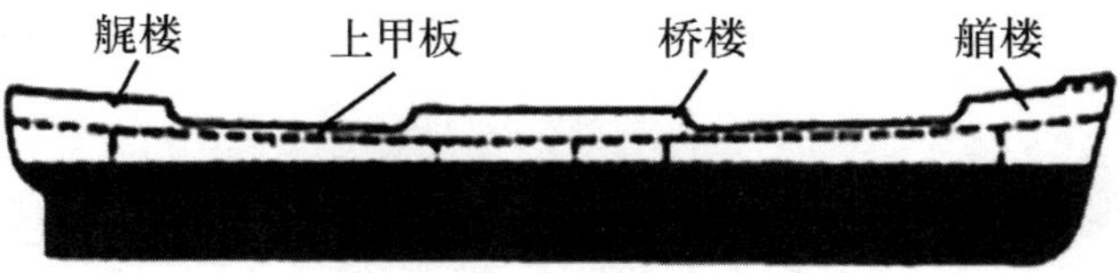

船体基本结构

如果一个水手带着太足的安全感工作,就会瞬间贬值,变得不值他一半的薪水。因此,在我所有的副官里面,最值得信赖的一位叫彭。他脸颊瘦削,胡须红得惹眼,眼神里透着不安。他因为其不安全感,或者说危机意识,而货真价实。

多年过后,现如今重新审视,如果发现残留下来的情感中仍然有那么一丝不喜欢,我并不惊讶,这是我们个性碰撞的结果。总的说来,我想他应该是最让一位年轻船长不舒服的同船副官。如果可以批评一个往生者,我会说他的危机意识太强,虽然这种意识对一名水手来说弥足珍贵。他有一种非常让人不安的神情,好像总是严阵以待、如临大敌(即使是坐在我右手边,面前摆着一盘腌牛肉的时候,也是如此)。不过,我得赶紧补一句,他还有一种品质是值得信赖的海员所特有的,那就是绝对的自信。但问题在于,他的这些品质都到了一种躁动的程度。他总是警觉的样子,他急促、紧张的谈话,甚至是坚决的沉默,都像是在暗示,我相信就是在暗示:在他看来,船在我手里从来就不安全。就是这样一个人,看管着我们船上的锚。那是一艘不到五百吨位的三桅帆船,已经从地球表面消失了,但只要我活着,总会温柔地记起她。在彭先生犀利的目光下,没有锚会下落不当,知道这一点很让人心安,尤其是在一处空旷的停泊处,待在船舱里坐听风起的时候。但仍会有些时候,我恨他恨得咬牙切齿。从他有时怒目而视的样子,我想他对我的恨应该只多不少。恰逢凑巧,我们都很爱我们的小船。正是彭先生那些极其宝贵的品质所带有的缺点,让他永远无法说服自己——让自己相信:船在我手里是安全的。首当其冲的是,他本人比我大

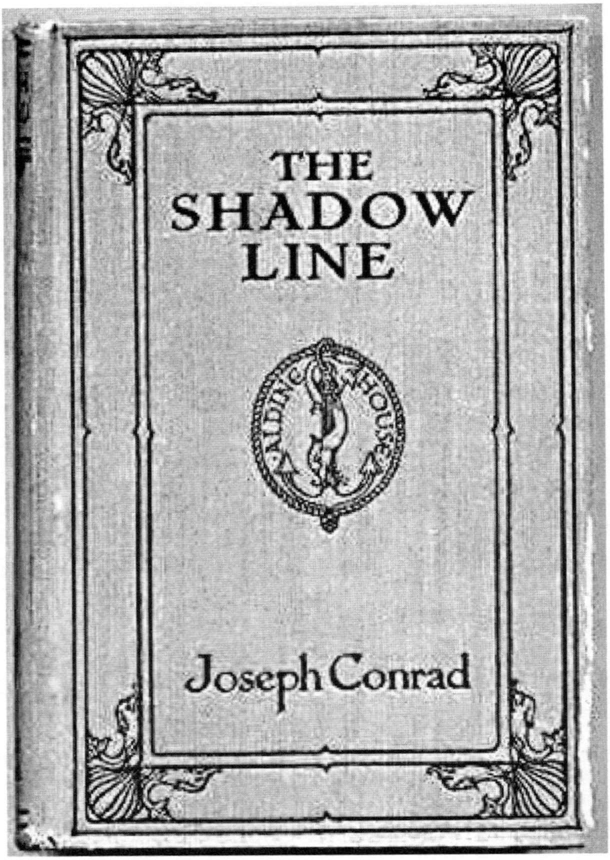

康拉德把彭大副写进了《阴影线》

五岁。在生命的某个阶段，五岁真的很说明问题，我当时二十九岁，他三十四岁。而且，在我们一出港的时候(我不觉得需要隐瞒这个事实，那是在曼谷)，我在暹罗湾小岛中间的一点小操作，给他留下了难以抹去的恐惧。从那时起，他就私下抱定了痛苦的想法，认为我非常轻率和鲁莽。但总的说来，除非人们在分别的时候紧握的双手没有任何意义，那我得说，在两年三个月的合作结束时，我们还是喜欢彼此的。

船是我们的纽带。虽然一艘船有女性特质、被理性地爱着，但她却不同于女人。我完全被自己第一次当船长的船给迷住了，这不足为奇，但我得承认，彭先生的情感是更高层次的。我们每个人都会非常在意所爱之物好看与否；虽然在岸上是我接受众人对船的恭维，彭先生的自豪之情却更贴心，有点像忠心的侍女骄傲于女主人的美。他的忠诚和热爱是如此之深，以至于他会四处走动，用丝质手帕掸掉铮亮的柚木护栏上的灰尘。无疑，手帕是彭夫人送的。

他就是这样爱着我们的船。而他令人羡慕的危机意识如此之强，以至于对我说："好吧，长官，您实在是个幸运的人！"

说这句话的时候，他的语调意味深长，但也并不是要冒犯我。我想是内在的尺度感让我控制住了自己，没反问："你这话到底什么意思?"

后来，他的意思得到了更全面的揭示。那是一个漆黑的夜晚，大风拼命地往岸上刮，我们的船被逼到了一角。我把他叫到甲板上，帮着我分析一下异常糟糕的处境。当时没有太多时间做深入

康拉德做船长的“奥塔哥号”

思考，他得出的结论是："看上去的确很糟，很可能做什么都无济于事，但是长官，您总能莫名其妙地摆脱困境，不是吗？"

三

很难把锚和船上的大副分开。大副要看着锚顺利下落，但有些时候，他也眼看着锚没落好，得把它重新拉回来。即使是最不懈的关照和努力，也会遇到缆绳绕了锚杆或锚爪的情况，因为船会不停地随着风或浪晃动，很难控制好每个细节。在这种情况下，要把锚捞起来重新落好，需要花很长时间，会让大副身心俱疲。此外，大副还负责看护缆绳的"生长"——这是水手用语，具备技术语言的力量、精确和形象性。这样的词汇通常由朴实的人创造，他们往往能敏锐地捕捉到自己行业里事物真正的特性，从而让自己的表达非常公正地把握事物的实质，而这也是文字创作者心心念念想要做到的。因此，水手从来不说："抛下船锚！"站在船尾的船长，会冲着前甲板的大副喊："缆绳长得怎么样？"因为"长"可以贴切地描述慢慢下落的缆绳在锚抓地的一刻，猛一下拉紧，与船头形成斜角，就像水上张紧的弓弦。船锚保管者的声音则会回答："报告长官，长得很正！"或者"正对船首方向！"或者其他符合场合、精确恭敬的回答。

在商船归航的时候，船长则会命令："操纵绞盘！"这个命令给得最大声，而水手们接收得也最踊跃。等待中的人们会一下从前甲板冲出，抓住绞盘棒的声音，脚踩在甲板的声音，制转杆"咔咔咔咔"的声音，汇成了激动人心的伴唱，因为水手们早已咆哮着合唱起拔锚歌。所有船员突然爆发出的吵闹和走动,好像高声把船唤醒了;在那之前,用荷兰水手画面感十足的话说:“她一直睡在自己的铁块上。”

因为,当船收起了她的风帆,身影倒映在波光粼粼、被陆地环绕的港湾,在水手看来,就是一幅沉睡的完美画面。在旧日的商船上,拔锚是个吵闹的操作——那是振奋人心、欢乐的吵闹,好似随着希望的象征,每个船员都期待着从海底拽起他所有的希望,拉到手里、抓紧:家的希望、休息的希望、自由的希望、放荡的希望、快乐的希望,这一切,都是在海天之间努力工作和忍耐很多天之后才会得到的。船起航时的这一番吵闹、这一阵狂喜,与她到达一个异域锚地时表现出的静默,形成强烈的对比。她在静默中收起帆,慢慢驶向泊位,松弛的帆布在水手头顶扯动;水手们静静地站在甲板上,船长站在船尾楼的缺口,定睛注视着前方。慢慢地,她停了下来,几乎不动了;三个人立在她的前甲板,专注地等在锚架旁,等着九十天航程结束时的最后一个命令:“落下船锚!”

这是航程结束时的命令,也是一艘船辛劳和成就的结语。在其生涯中,船的价值是靠从港口到港口的旅程来计数的;锚的落水声、铁链隆隆的哗啦声,就像是为一个明确的时间段画上了句号;船自己好像也感受到了,浑身发出轻微而深沉的震颤。她离死亡又近了一步,因为不管是年月还是旅程,都不可能无限地延续下去。对于她,一次旅程的结束就像是敲响了一个钟点,而中间的停顿,好似是在计数流逝的时光。

这是最后一个重要命令,其他的只是吩咐一些日常工作。接

港湾中的船

下来，会再听到船长喊："让她与水边保持四十五英寻[35]的距离！"在这之后，船长也完成了自己的工作。接下来的日子，他会把所有港口的工作都交给大副——船的总管和船锚的保管者。一连数日，在甲板上不会再听到船长简短、质朴的声音——那种独属于主事人的口音，直到有一天，舱口被重新收起，在一艘静待起锚的船上，他的声音又会在船尾响起，用命令的口吻喊："操纵绞盘！"

㉟ 英寻为英制计算水深的单位。1 英寻等于 1.828 公尺。

航海的艺术

一

有一年，我在浏览一份很有原则的报纸，但它的记者仍坚持说“抛下船锚”“坐在船‘上面’出海”。在这份报纸里，我读到一篇关于当季游艇赛事的文章。文章写得很不错！对于一个不会为取乐而航行的人（尽管任何航行都是一种乐趣），也从来不会参与水上赛事的人，该文作者对游艇业发展的障碍所做的批评，我只能将就着看懂，我也不会假装对他列举的游艇大赛感兴趣。至于那些被大加褒扬的五十二英尺线型游艇，作者对它们性能的肯定则引起了我的兴趣。但就概念的清晰来讲，虽然这个描述性的短语对于一个游艇爱好者来说非常精确，在我的头脑里却没有形成明晰的意象。

文章作者称赞了游艇这一类船只，而我呢，就像任何一个喜欢一切水上漂浮器械的人那样，愿意认同他的说法。作者带着同情和理解，对游艇业航海技术的衰微表示遗憾。对这样一个人的话，我愿意相信，也因此能够在他的影响下，欣赏和尊敬五十二英尺线型游艇。

当然了，游艇比赛是一种有组织的娱乐和消遣，是有闲社会的一个盛大集会，用以满足这些岛屿上某些富人的虚荣心和他们与生俱来对海洋的热爱。但是，文章作者能够很有见地、很公正地进一步指出，对于大多数人来说（我想他说的是两万人）游艇业其实

52 英尺线型游艇

是谋生的渠道——用他的话说，是一门产业。一个行业，不管它是否有所产出，都有精神的、救赎的、理想的一面附加在谋生层面上，船员们应该获取和保持这个行业最高的技艺。这样的技艺来自技术，它的意蕴则不止于诚实，而是更为宽广，具备一种升华了的、清晰的情感，包含着诚实、优雅和规则，而不是一味的实用，它或许可以被称作劳动的荣耀。这种技艺也来自传统的积累，个体的尊严则会令其永葆生机，同行的见解又会使其日臻完善，而且，犹如高级的艺术，有品鉴力的赞美能够激励和支撑它。

这就是为什么精深的造诣——专注地把技艺推到优秀的最精微处——至关重要。在赚取面包的奋斗中，可以自然获取一种近似完美的效能。但是，还有面包之外的东西——一个更高的点，一种微妙的、明白无误的爱与自豪，它们超越技巧；它们就像一种灵感，赋予所有工作最后的修饰，而这最后的一笔，犹如艺术——就是艺术。

有些人有着一尘不染的荣誉，他们会成为公共良知更高的标准，超越一个诚实社区的死线。相应地，从事一门技艺的人，如果通过不懈拼搏进到了艺术的层面，也会把海上或陆地上的技艺提升，超越一味追求正确的死线。不管是在某个行业还是某种游戏中，要孕育最高的、充满生机的卓越，需要一定的条件；这些条件，应该得到最为谨慎的保守，以防某些行业或游戏因为内在潜伏的衰败而消亡。因此，读到这篇关于某年游艇赛季的文章，里面提到赛艇上的航海技术已不如几年前——仅仅是几年前而已，让我感到非常遗憾。

上述是那篇文章的主旨。显然，文章的作者不仅知道而且真的理解所谈论的事物，这是不多见的，因为我所说的理解是由爱激发的，而爱，虽然在某种意义上强大过死亡，但绝对不是普世的，也不是十拿九稳的。事实上，真爱稀有——对人的爱、对物的爱、对思想的爱、对完美技艺的爱，皆如此。因为，匆忙是爱的敌人；爱计数着流逝的时光、逝去的人们、经年累月完善的技艺，这些技艺也会转眼消逝，过往成空。在这个变化的世界里，爱与遗憾牵手而行，比那如镜海中瞬息万变的云影，行走得还要快些。

对一艘游艇的处罚与其优异的表现同量[36]，这不公正，不管是对这门技艺还是对船员，都不公正，而且，对于游艇形体的完善也不公正，对她的仆从技艺的提高亦是如此。我们人类其实是自身发明的仆从，我们永久地被大脑产生出的想法和双手制造出的产品束缚着。人生来要在地球上服役；我们所服之役，除了其用途，还有更为美好的东西在其中，但艺术对人的奴役非常苛刻。文章的作者引发我做了这一系列思考，而他以一种让人欢欣的热情宣称：游艇的驾驶是一门艺术。

他的论点是：赛艇只依据吨位——即游艇的个头——来给予时间宽限，促进了航海艺术臻于完美的顶点。但是，各种各样的要

---

[36] 就接下来两段的内容，译者请教了英国康拉德协会现任主席罗伯特·汉普森（Robert Hampson）先生。根据他的解释，当时赛艇采用差点制度：比赛成绩等于实耗时间乘以时间校正值。之前，时间校正值主要考虑游艇的个头和吨位；康拉德撰写此文时，则变作了参考游艇之前的比赛成绩，之前的成绩越好，现在得出的成绩则越会受到影响。

19 世纪的游艇赛事

求落到风帆游艇的船长身上。按照成功的比例来进行处罚，虽然有可能对赛艇这项运动本身有利，但对于航海技术却有明显的弱化作用，会逐渐丧失其艺术性。

二

游艇的驾驶和比赛造就了一类纵帆船员。他们为海而生，他们在海上成长，冬天捕鱼，夏天为游艇服务，对他们来说，游艇的驾驶轻而易举，是这些船员们夺取胜利的努力，让驾驶游艇的技术上升到了艺术，具备了艺术特有的尊严。如前所述，我对游艇比赛一无所知，但对纵帆船却略知一二。这种船的优势很明显，尤其适用于游乐，比如乘船游览或者是比赛。纵帆船操作起来更轻便，帆面的调整可以快速、准确地完成；线型的巨大帆面有着极大的优势，可以用最少的桅杆，撑起最大尺度的船帆。轻便和力量的高度集中是纵帆船显著的特点。

如果港湾里停泊着一队纵帆船，她们会自带一分静美。她们船帆的舒展，比任何东西都更像鸟儿伸展的羽翼；她们的灵巧悦人眼目。纵帆船行驶如飞，是海上的飞鸟，她们的灵巧和速度，更像自然具备的一种能力，而非人造的器械。我想，不管从哪个角度看，纵帆船的简洁和形体之美都是无与伦比的。纵帆船、小帆船或快艇，如果遇到擅长驾驶她们的人，行驶起来就像具备了思考的能力和迅速行动的天赋；一个聪明的小炫技，会带给人纯粹的快乐、令人捧腹，就像一个生灵展示了自己的急智和优雅的精确性。

在这三类纵型帆船中，快艇是出类拔萃的赛艇，它的外观也最

纵帆船

为壮观,主要是因为它的整个帆几乎就是一块帆布。当一艘快艇带着你赞赏的目光,慢慢驶过一段地脚或是码头的末端,它巨大的主帆会有一种崇高、静穆的王者气度。但在停泊的时候,纵帆船看上去则更美,她的外观更干练,有更好的平衡感,大概是因为她的两根桅杆分布于船体前后,船尾处有个大的斜角。人也会适时地爱上小帆船,我想她是最容易操作的。

快艇适用于比赛,纵帆船可用作长途的观光游览,小帆船则可以做国内水域的巡游。对这些船的驾驶,的确是一门精湛的技艺。不仅要知道航海的一般性规则和知识,还要了解每艘船独特的个性。单从理论上讲,所有的船驾驶方法都一样,就像你可以用宽泛刻板的原则来对待所有的人一样。但是,如果在生活中你想获取别人的爱和信任,那么,对待任何两个人——不管他们的个性如何相像——你都不能用同样的方法。人的行为或许有规则,人与人的情谊却没有。待人与对待船只,是同样精妙的艺术。人和船都处在瞬息万变的宇宙中,会受到或微妙或强大的影响;他们都更愿意自己的优点被人理解,而非缺点被人发现。

要和船成功相处,你需要知道的不是你的船不会做什么,而是当需要的时候,只要轻轻一点,她能否施展自己,做你需要她做的事。乍看上去,就如何处理缺陷这个棘手的问题,上面两条思路好像无甚差别,然而,差异其实是巨大的,差异就在于用何种精神来对待这个问题。毕竟,对待船的艺术远比待人的艺术更精微。

像所有的艺术形式一样,航海艺术也必须以广博坚实的真诚为基础。真诚,犹如自然的定律,主宰着世间万象。人的努力必须一心一意。但是,你对运煤工人和大学教授会用不同的方式交谈,这是不真诚吗?我觉得不是。真正重要的是看情感是否真挚,你是否真的认可这两个人,把他们当作艰难生活中的同行者,尽管他们既相似,又如此不同。显然,一个虚伪的人,他一心只想着赢一场小小的比赛,会行险以侥幸。人,不管是教授还是运煤工人,都很容易上当,他们甚至有一个不同寻常的、专门让自己受骗的诀窍,这是一种奇怪的、无法解释的倾向——人总爱眼睁睁地被人牵着鼻子走。但船是我们带到世上的一个生灵,目的是让我们达到一定的标准。在被操作的过程中,船不会忍受一个冒牌货,而大众呢,则会接受政治明星 X 先生,普及科学家 Y 先生,或者是 Z 先生。Z 先生是什么角色呢?其实什么角色都可以,从身正为师的教师到四处兜售的销售员,只要他们一路攀爬,已经做到了出众。而我敢下一个很大的赌注(虽然我不善此道),赌没有任何一个一流的赛艇船长是冒牌的。要在这个行业伪装,太难了。困难在于,人在应对船的时候,面对的不是一群,而是个体。当然了,我们也可能面对单个的人,但我们每个人的内心,都潜伏着乌合之众的精神分子和气质。不管我们如何急切地对抗彼此,但在心智的最低层面和情感的不稳定性上,仍是手足一般。船不是这样。对于我们,船虽然重要,对于彼此,她们却不沾亲故。这些敏感的生灵没有用来听甜言蜜语的耳朵,仅凭言辞是无法打动她们、让她们听从我们的意志、帮助我们身披荣耀的。这其实也是一种幸运,否则,一流的航海技术里面会有很多的名不副实。我再重复一次,船没有耳朵,虽然我知道有些船好像确实是有眼睛的,要不然,我不明白为什么一艘一千吨位的三桅帆船，在一次很特别的情况下，拒绝服从船舵的指挥，从而避免了一次可怕的相撞，挽救了一个大好人的声誉。我和她亲密相处了两年，在这之前或之后，都没有发生过类似的事情。那个得她厚报的人（或许是因为船明白他的爱和付出有多么的深），我认识得更久些；我得公正地说，这次摧毁信任的经历（尽管如此幸运）大大增加了他对她的信任。是的，我们的船没有耳朵，因此，她们不会被欺骗。我想用一句话来表明人与船、船长与航海艺术之间的忠诚关系。这句话看上去复杂得惊人，实则简单明了。我想说的是：一个只想着赢得比赛的游艇船长，将永远无法获得大的声名。真正的好船长——我的这些话，来自自己与船之间的亲身体验——心无旁骛，只想着让自己掌管的船做到最好。做到忘我，让一己之情感服从于航海的艺术，是一个海员忠诚履行职责的唯一途径。

这就是如何服务于一门艺术、服务于航行在海上的船只，从中可以窥见昨日海员与明日海员之间的差异。前者尚且活在我们中间，后者已然承继起他们的遗产。历史会重复自己，但如果一门特别的艺术消逝了，就不会再生，它会彻底从世界上消失，如同一只被摧毁了的野鸟的鸣唱，不再有任何东西，可以激起同样愉悦的情感和发自内心的歌鸣。船只的航行是一门艺术，但这门形式精美的艺术，好似正从我们身边消退，走在了去往阴云遮蔽的忘谷的路上。乘着蒸汽船（即使我们不看轻围绕在它周围的责任）周行世界，与自然之间的接触不会那么亲密，而这种亲密是建立一门艺术必不可少的条件。蒸汽船行业不是那么个人化，但要求更精确；不

康拉德服务过的“特伦斯号”

是那么费力，但也不会太快慰人心，因为它缺少了艺术家与艺术媒介之间的亲密接触。简而言之，蒸汽船不太关乎爱。它的成效是完全用时空来计算的，艺术的努力却无法计量。蒸汽船行业是一个职业，只要不是太晕船的人，都可以从事；从中可以得到满足，但不会有热情，可以很努力，但缺少了爱。蒸汽船行业的口号是准时，它是一种严格调控的商业活动，它里面没有与艺术尝试相伴的那种不确定性。在蒸汽船行业，没有在风险面前仍坚信自己的伟大时刻，也没有怀疑自我、检省内心的痛苦瞬间。它是一项工业，像其他工业一样，有着自己的浪漫、荣耀和报偿，有它苦涩的焦虑，也有它放松时的闲适。但是，这样的航海缺少了一种艺术的品质。在真正的航海艺术里，人需要赤手空拳，与比自己强大很多的自然力量搏斗，而且，航海艺术是费力的、需要人全身心投入的，它最终的结果也不由人主宰，而是安置在神的膝头。相比之下，蒸汽船不是个体的、气质的成就，而只是人控制了一种能源和力量，对它加以熟练运用而已；蒸汽船仅仅是人在征服宇宙的路上，又迈出了一步。

三

在以前，船快要靠岸的时候，就会有导航员来到船上，口袋里塞着满满的信件。导航员一上船，帆桁就扭转方向，准备入港。在那时，每一次航程都是一次竞赛，跟时间的竞赛，跟理想中的航海速度的竞赛，每艘帆船，都力争取得超越一般人期望的成就。像一切真正的艺术一样，船一般性的驾驶和特殊情况下的操作，都有它的技巧，这些技巧往往是船员们热衷于讨论的对象。对船员们来说，工作不仅是为了赚取面包，还是为自己找一个展现气质和才能的出口。天与海的情绪瞬息万变，船员的使命如同用画笔在帆布上作画的画家，就是看如何以职业的精神，最好地利用这些变化，获取最真实的效果，而不是做花样文章。在航海这个艺术门类里，船长们的个性也是迥然有别。

他们中有些人，很像某一类皇家学院的院士——绝不会有一丝创新，也不会有因为灵感而产生的莽撞，让你吃惊。这些人很安全，非常安全。他们神情肃穆地四处走动，对自己神圣而空洞的名声志得意满。名望令人生厌。我记得有一个人，简直可以做这一类人的院长——皇家海船学院院长。他饱经风霜又英俊的脸膛、魁伟的身材，他的胸衣、宽袖口和金链，他令人望而生畏的出众仪表，让那些卑微的看到他的人（装卸工、点货员、海关监察员）肃然起敬。在悉尼的环形码头，他从舷梯上走下来时，声若洪钟、笑声朗朗、充满威严，就像是一位亲王行走在水手们中间。他做事的样子，会让你一下警觉起来、充满期待，但结果却总是很老套，没有任何启发性，也没有什么值得你用心学习和牢记的东西。他的船被料理得整整齐齐，如果不是在细节上太吹毛求疵，也很有水手的样子。他的副官们装腔作势、高人一等，但当他们死气沉沉俯首于船长的喜好时，灵魂的厌倦就显现出来了。只有他那些年轻气盛的学徒们，因为压抑不住的旺盛精力，才没有被这位严肃可敬的平庸艺术家影响到。他有四位学徒：一个是医生的儿子，一个是上校的儿子，一个的父亲是珠宝商，第四个叫“二十人”，对他的出身，我不

康拉德与“特伦斯号”五位学徒合影

甚明了。这四个人的心性中好像没有一星半点的感恩之情。从某些方面讲,他们的船长也是个好心人,一心要把他们介绍给镇子上最好的人群,以免他们与其他船上的坏男孩为伍。但我不得不遗憾地说,学徒们毫不掩饰地在他背后做鬼脸,模仿他头部庄严的姿态。

这位船长是个人物,但也仅此而已。然而,如我所说,在这个行业里,船长的脾性何止千万种。有些船长是伟大的印象派画家,他们会让你记住对上帝和浩瀚之物的敬畏——或者说,对时时有可能在狂风巨浪中溺亡的恐惧。有人或许认为,如果是溺亡,死亡的地点并不重要,对此我却拿不准。或许是因为太敏感,一想到会被突然甩进狂怒的大海,四周一片漆黑,唯有惊涛骇浪,我就有一种内心紧缩的厌恶感。淹死在池塘里,在无知的人看来,大概是一种耻辱,但相比较而言,它是个明亮、平静的结局;而想到航海生涯要以在大海上溺亡结束,我在工作的间隙,甚至是猛烈对抗风暴的时候,都会觉得内心发抖。

溺亡的话题,暂且不说了。说一下直到今天,还影响着我性格的那些船长吧!他们往往都是在正确估价目的与手段的基础上,能够融合思考的强大与执行的准确——这些实干家们最高素质——的人。艺术家就是实干家,不管他创造的是人格,发明的是应急的策略,还是找到了复杂处境的问题所在。

我也认识一些船长,他们的艺术,就在于避免任何一个可能的处境。无须多言,他们在自己的行业里,从来做不出了不起的事,但也不应小瞧他们。这样的船长谦卑,明白自己的不足。他们的

悉尼环形码头

局限，多是因为在做学徒时，自己的船长没有把神圣的火种传递到他们冰冷、训练有素的手中。我尤其记得其中一位，现在已长眠于大海，他一定在死亡到来之前，进行过不是那么风平浪静的搏斗。只有一次，他想冒一下险。那是一天的清晨，风儿持续地吹着，我们的船开进了一块拥挤的泊地。但是，他的这次冒险并不是真正的艺术展现，因为他想的是自己——渴求炫技带来的华而不实的荣耀。

当我们转过一个黑魆魆的、被林木覆盖的地角时，发现自己沐浴着阳光和新鲜的空气，眼前出现了一片景象——成群的船停泊在我们前方大约半英里的地方。船长把我从前甲板叫到船尾，棕色的双手将望远镜在手里转来转去，对我说："你看到那艘白色桅柱、又大又结实的船了吗？我要把咱们的船泊在她和岸之间。现在，你要确保我们的人一听号令、立马行动！"

我回答道："是，是，长官！"心里真的相信这将是个不错的表演。我们华丽地行走在众船之间，一路急冲。那些船上，一定有许多张大了的嘴巴和追随着我们的目光，她们中有荷兰船、英国船，其间点缀着些美国船，还有一两艘德国船。所有这些船都在早上八点的时候升起了旗，好似庆祝我们的到来。如果一切顺利，真是场不错的演出，但事实并非如此。我们船长本来是位有着实实在在优点的谦逊艺术家，但因为有了那么一丝自私的考虑，变得不再忠于自己的个性了。他不是为艺术而艺术，是为自己而艺术，他得为这最大的耻付出代价，收获可怜的失败。惩罚或许还可以更严重，比如，我们没有一下冲到岸上，也没有把那艘桅柱漆成白色的大船撞个大洞。奇怪的是，当时我们并没有失去对两个船锚缆绳的控制。正如想象的那样，我没有等着服从船长的命令："落下船锚！"这个命令的声音是从颤抖着的双唇发出的，它打着颤，听上去非常陌生。直到今天，一想起来我都觉得惊讶，自己当时是何等敏捷地落下了船锚，从来没有普通商船的锚被以如此神奇的速度落下，而且，两个锚都抓地了。但如果它们不是被埋在了十英寻水下的淤泥里，我简直都要感激地亲吻它们粗糙、冰冷的铁掌了。最终，我们的船停了下来，但被一艘荷兰双桅横帆船的第二斜桅戳破了后桅纵帆——万幸没有更糟的事发生。真是差之毫厘，谬以千里。

后来，船长不好意思地低声对我说："不知为什么，她没有顺风跟上。她怎么了？"我没有回答。

然而，答案是显而易见的。船发现了自己人在片刻间的脆弱。在陆上和海上所有的生灵中间，只有船不会被空洞的伪装欺骗——她不会接受任何船长拙劣的艺术。

第三部分　艺术

《私人札记 · 简序》

一般说来,要谈论自己,我们不需要太多鼓励,但这本小书,源于一个友情提示,甚至还带着些许友情的压力。我尝试过勇敢地捍卫自己,但那个友情的声音,运用它典型的不屈不挠坚持说:“知道吗,你真的该写写自己!”

这并不是个论点,但如果说我“真的该”,那我好似就应该服从……

感受到词语的力量了吧!一个人如果想劝服别人,不应借助于合适的论点,而应依赖适当的词语。声音的力量总是高过理性。我这样说不是出于诽谤,而是觉得,人容易受影响比擅长思考要好些。人类伟大的东西往往不是来自反思;所谓伟大,我是指能够对大众的生活造成广泛的影响。另一方面,我们很容易看到单个词语的力量,比如“荣耀”和“怜悯”。类似的词唾手可得,在此我就不一一列举了。但如果坚持不懈地、充满热情地、满怀信仰地喊,仅凭这两个词的声音,就能撼动整个国家,掀翻整个社会结构赖以立足的干燥、坚硬的土地。如果你还想要类似的词,“美德”也是其中一个!……当然了,喊的语气也一定得留心,正确的口音非常重要,还有饱满的肺活量、雷鸣般的或温柔的声音,也会添彩。请不要跟我说阿基米德的杠杆——他是个心不在焉、充满数学幻想的人。数学拥有我所有的崇敬,但我并不需要引擎——只要给我合适的词、合适的口音,我就能撬动整个世界。

这对于作家,是多么崇高的梦想!书写文字也有它的口音。

劝说康拉德写自传的福特·马多克斯·福特

康拉德绘《执蛇女子图》

让我找到合适的词吧！它一定就躺在某处！从不朽的希望女神降临世界的那一天起，人们就大声倾吐着自己的悲叹和狂喜，散落为各地的残骸；我要找的词，就在残骸中间；或许它就在那里；虽然远离人的视线，但就在不远处；虽然被忽略，但近在手边。可是，这没用。我相信有人能一下从半加仑的干草里找到需要的针，而我从来没有这样的好运。还有另外一个难题，就是口音。谁知道一个口音是对是错？除非已经喊出了那个词。但即使是被喊出的词，也有可能没人听到，顺风而过，与世界两不相涉。从前有位皇帝，是个圣人，擅书写。他在象牙手板上草草记下了一些想法、警句和沉思，被幸运地保存了下来，启迪和教诲着后人。在众多格言中，我记得有这么一句严肃的训诫："请让所有你口中说出的话，都带有英雄的真理的口吻。"英雄的真理的口吻！这听上去很不错。但我也在想，一位苦行的皇帝可以轻而易举地写下堂皇的劝诫，然而，世上可行的真理却往往是卑微的，并不英雄；而且在人类历史上，还有些时候，英雄的真理的口吻不一定带来益处，反而常沦为笑柄。

在这本小书的封面与封底之间，很难发现有非凡效力的词语或让人难以抵御的英雄口吻。虽然有伤自尊，我得坦白：马可·奥勒留[37]的建议不适合我。它们对道德说教者来说再合适不过，但对艺术家并不适宜。我所能承诺的是一些朴实的真相，还有真诚。

---

[37] 马可·奥勒留(Marcus Aurelius, 121—180)为古罗马"五贤帝"之一，被认为是历史上唯一的"圣哲之王"，其《沉思录》为斯多葛主义的经典作品，影响甚巨。

奥勒留大帝《沉思录》

完全的、令人赞许的真诚，可能会把人送进敌人的双手，但希望不会连累到朋友。

“连累”一词，或许言重了。在我的敌人和朋友中间，我想象不到一个人会如此拮据，以至于要跟我吵。“让朋友失望”或许更确切些。自从以创作为生，我多数的、甚至是所有的朋友，都是通过我的书来到了我的生活里。我知道，一个小说家活在他的作品中——他立在那里，是一个创作的世界里唯一的真实，被想象的事物、想象的事件、想象的人围绕着。在创作这一切的时候，他其实是在书写自己。然而，作家在作品中对自我的揭示是不完全的。在某种程度上，他仍是面纱背后的人，读者可以揣测他，却看不到他——他在小说这个饰物的背后走动和发出声响。我忍不住想起《效仿基督》里的一段话。该书苦行僧般的作者，深识生活，他说：“有些人声名显赫、受人尊重，但当他们真的要展示自己的时候，反倒毁了别人对他们的印象。”当一个小说家开始不加掩饰地谈论自己时，也会遭遇类似的危险。

这些回忆性的文字，一开始是连载在杂志里的，当时就有人批评我不吝笔墨，好像这样的书写是对自我的放纵、对未来书卷空间的浪费。也有人说，这些文字的文学性不够。确实，对于一个三十六岁才开始发表作品的人，他无法把自己的生存和经历，他所有的思想、感受和情感，回忆和遗憾，以及过去的一切，只当作创作的素材来看待。在这之前，大概是三年前吧，我发表《大海如镜》——一本印象和回忆集——的时候，也收到了同样的评论。它们都是很实际的言论！但实话实说，我从来没弄明白它们建议的节约笔墨指的是什么？我想要做的是称颂大海、海上的船和水手，因为是它们造就了今日的我。对此，我始终心怀感激。在我看来，我所写的是唯一合适的方式，可以呈献给他们的亡灵。在我的心里，目的就是这样的单纯，没有任何其他想法。这很可能不是个好的经济学家应该做的，但我本性如此，不可救药。

在海洋生活特殊的条件和环境下成熟起来，我对自己的那一段过往，有一种分外的虔诚，因为它印象鲜活，魅力直达人心。海洋生活合乎年轻人与生俱来的兴高采烈和青春热力，而且它很单纯，没有让年轻人良心困惑的地方。我在年少时挣脱了自己的家族和国家。当时，只要有那么一丁点儿权利发表意见的人，都指责我，批评的声音汇成了风暴。自此，我便与人世间尚存的亲情隔开了很远的距离，甚至是和它们发生了某种形式的决裂，因为诱使我莫名其妙背离忠诚的这种生活，完全无法确知其走向。在这种情况下，我可以安全地说：因为外部环境盲目作用的力量，在很长时间里海洋成了我的整个世界，英国商船成了我唯一的家。在《"水仙号"上的黑水手》和《大海如镜》(还有几个关于海洋的短篇小说，比如《青春》和《台风》)这些完全关于海洋的作品里，我几乎用了一种孝子般的虔敬，来书写广袤的水上世界和淳朴水手的内在心灵感应。长久以来，海员们穿越了大海的孤独，用双手呵护着航行在大海上的船只，而这些船，犹如有感情的生灵。

一个人的文学生涯，需要不断地与亡灵对话、向记忆寻求支持，除非某位作家下定了决心，只为下述情况而写作：批评人固有的样子、夸赞他本不是的样子，或者是一般性地教他如何举止。我

康拉德回忆作品《大海如镜》《私人札记》

既不爱争吵,也不是个阿谀者,还不是圣人。上述的事情,我一件也做不了,倒是准备好了恬淡地忍受一种无足轻重的生活。这种无足轻重与某一类人相连,这类人不会指手画脚、横加干涉。然而,隐忍不是冷漠。我不愿意仅仅站在岸边做一个旁观者,眼看着滚滚洪流载去如此多的生命。我要欣然为自己索求一份洞察的能力,恰可以同情与怜悯之声加以表达。

在一篇权威的评论里,作者怀疑我有些冷漠——用法国人的话说:“心之冷漠”。十五年来,不管是面对表扬还是批评,我都一直保持缄默,这足以证明我对评论的尊重——认它为文苑里的个人表达之华。但这本书更关乎个人,它触及了文字背后的人,可以被看作一个个体在公共书页的空白处所做的注脚。这篇评论并未让我感到点滴伤害,因为那项指责——如果算得上指责的话——是用最贴心的话说出来的,带着遗憾的口吻。

我的回答则是:如果每一部小说都有自传的成分——这几乎是不可否认的,因为作品是创作者自我表达的媒介,那么我们中有些人,则极为反感情感的公开表露。

我不会过度赞美“节制”这一美德,它往往只是一种性情,但并不总是出于冷漠,抑或源于骄傲。如果一己之情感的抒发,既没带给人欢笑,也未触发泪水,那真是再丢人不过了!因为一旦没达到情感标杆的刻度,也就是说公开的感情表露没有打动人心,那它一定会消失在厌恶和蔑视里。有些风险只有傻子才会冒险迎上,只有天才才会大胆迎击,而一般的艺术家想要知险而退,亦不为过。如果要把灵魂暴露给世界,是得考虑体面,哪怕是以牺牲成功为代

康拉德的力作《黑暗的心》封面

价;对个人尊严的思量,也是对作品尊严的考量,两者实为一体。

而且,在这个地球上,很难有完全的愉悦或者完全的悲伤。如果关乎人,即使是喜剧,也会瞬时变为痛苦的面容。我们的有些痛苦(只有一些,不是全部,因为正是人承受痛苦的能力让他在众人眼中生敬)源于人性的弱点,而这些弱点又是我们共同的遗产,理应对它们报以同情的微笑。在这个世界上,欢乐与痛苦穿行于彼此。至人生暮年,则欢乐与痛苦音形相合,神秘如云雾遮蔽的海。至高无上、耀眼夺目的希望,则据于远方。它静立不动、令人神往,就在那遥远的天际边缘。

是的!我也想手拿魔杖赐予作品欢笑与泪水,这些被认为是文学最高成就的东西。只是,要做大魔法师就得把自己献给神秘的信仰和不负责任的力量,不管这些神秘之物是外在于我们的,还是深植于我们的内心。我们都听说过单纯的人为了爱或权利,把灵魂卖给了骇状殊形的恶魔。即使是最普通的心智,也能不假思索地推知:这样的事情,往往是蠢人的交易。我不会因为自己对这类买卖的厌恶和不信任,而自以为有什么稀奇的智慧。或许是我接受的海洋训练作用于个人的天性,让我抓紧唯一真正属于自己的东西。事实上,我很怕在转瞬间失去对自己的完全拥有,因为控制好自己是做好工作的第一个前提。而且,我把早年对好好工作的理解带到了后半生的创作生涯里,一心寻求书写文字美的形式,除此之外,别无他物;我把这个信条从海船的甲板,带到了我的书桌这个更为局限的空间。我想,通过这个紧抓住自己的举动,我已经在那些无法言喻的、纯粹的审美主义者眼中,变作了永远的不完美。

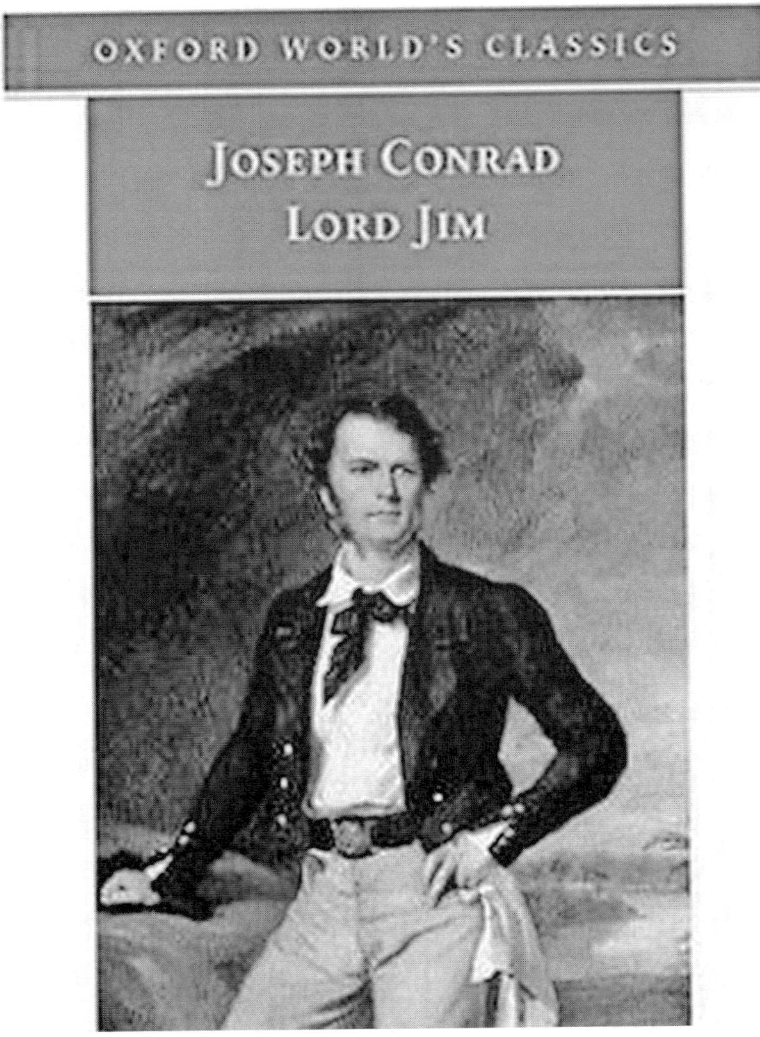

康拉德的佳作《吉姆爷》封面

不管是在政治还是文学中，一个人多是通过热情的偏执和一成不变的狭隘观念赢得朋友。但是，出于对某些原则的尊重，我从来无法爱那些不可爱或者恨那些不可恨的东西，我也不知道自己做这番坦白是否够勇敢。人过中年，往往能够波澜不惊地看待危险与欢愉。对于极力呈现极端情感的努力，我都会持一丝怀疑，感觉其中总有那么一点儿自贬身价的不真诚。为了深深打动别人，得有意地把自己带到正常情感之外。这样做的动机，或许也很单纯，而且必须得这么做，就像一个演员在舞台上，就得说得大声，得超出正常的声腔，才能达到表演的效果。而且，这也真不是什么大罪。但危险在于，作家有可能变成着意夸张的牺牲品，从而失去对真诚确切的理解，最后干脆蔑视真实本身，觉得它太冷酷、太生硬、不合用——而实际上，只是对于他吸引眼球的情感炫耀来说，不够用。其实，体面的人很容易因为书中的欢笑和眼泪而哭泣或傻笑。

这些看上去像是自私的酌量。但是，品行良好的你不能因为另一个人要看顾好自己的正直而批评他。看顾好自己的正直，是一个人的本分，尤其是你能指责一个艺术家对创作目标的追求吗？不管他的追求是何等卑微、不完美，都不应轻易论断。在他的内心世界里，其思想和情感寻找着想象中的冒险。那里没有警察和法律，也没有环境的压力或别人的眼光带来的约束，而正是这些约束把他控制在一定的伦理范围之内。在这种情况下，除了他自己的良心，又有谁能对他所面对的诱惑说不呢？

而且，请谨记：我们在此时此刻所做的，是完全坦诚的交流。我觉得只要不是踩着人类的痛苦和轻信往上爬，所有的野心都是合法的。而且，所有智力和艺术的野心也都是许可的。它可以一路到达谨慎理性的上限，甚至是超越它，因为这些野心不会伤害任何人；如果发疯，遭罪的也只是艺术家本人。就像美德一样，野心自有它的报偿。相信艺术无上的力量，尝试用不同的方法和途径来证实自己作品中更深层次的诉求，是疯狂的傲慢吗？试着在作品中做更深的挖掘并不是麻木不仁。心灵的历史学家不同于情感的历史学家，虽然受到拘管，他仍然能够做更深的穿透，因为他的目标是到达欢笑与泪水的泉源。人世间的景象值得人们欣赏和同情，也配得上人们尊敬。如果一个人对着它们发出含蓄的叹息，而不是抽泣；报之以微笑，而不是龇牙咧嘴的笑——这不是情感冷漠。隐忍不是扮作神秘或抽离自身，而是顺服。这是一种自觉的顺服，它依据的是理性和爱；圆睁着双眼、自觉地、依据着爱去顺服。在众多情感之中，因为它，我们才避免成为赝品。

我并不是说隐忍是智慧的最后一个词语。作为自己时代的产物，我生不出这样的认识。但我觉得，人类本身的智慧是想要那些众神不去想的东西；如果众神真的有自己的意志，或许也并不确知自己想要什么。在生命和艺术中，关乎我们幸福的不是“为什么”，而是“怎么样”，正如法国人所说：“重要的是方式。”是的，方式很重要。笑的、哭的、讽刺的、愤怒的、急切的、判断的方式，甚至是爱的方式，都很重要。另外，如同人脸上的容貌和品格，内在的真实会预示给那些懂得观看的人；观看的方式，也很重要。

读过我作品的人知道我的信念：我认为整个世界——眼下的世界，依赖于几个非常简单的信念而存在。它们如此简单，或许就像人世间的山丘一样古老。在这几个理念中间,人首要依赖的是忠诚。然而,在当今的时代,只有革命的东西才会吸人眼目,而我从不革命。其实,在文学创作中,革命精神是很便宜的,它可以把人从所有的思想顾虑中解放出来。但是,它猛烈的、绝对的乐观主义会让我心生不悦,因为里面包含着狂热和排他的危险。人无疑应该对此置之一笑,但我既不是完美的唯美主义者,也不是称职的哲学家。所有自称格外正义的东西,都会激起我的蔑视和对危险的担忧,而真正的哲学家是不受此等困扰的。

因为尝试着与读者交谈,我恐怕让自己太过散漫了。我从来就不熟悉谈话的艺术——据我所知,这门艺术也已经被认为失传了。在我年轻的日子里,在那些个人习惯和性格养成的日子里,我的四周充斥着长时间的沉默。这沉默即使偶尔被打破,也绝不是谈话的声音。不,我没有谈话的习惯。然而,这里的漫谈并非与后面的内容毫无关联。后面的内容也被指控散漫,有人说它没有考虑时间顺序(这本身就是犯罪),还有人说它形式不合传统(这很不得体)。我被严厉地告知:这种不正式的写法,公众看了会不喜欢。"唉!"我温和地抗议道:"难道我应该用这些神圣的字句开头吗?'我于某年某月某日出生在某个地方。'我的出生地异常偏远,光是这一点就让整句话兴味索然。我也没有经历过精彩的历险,能够一件一件记录下来。我也不认识了不起的人物,可以传播他们的蠢话。我也没牵扯进伟大的或臭名昭著的事件。这里写的只是一点点的心理档案。即使是这样,我也没想着在写它们的时候,给出自己的结论。"

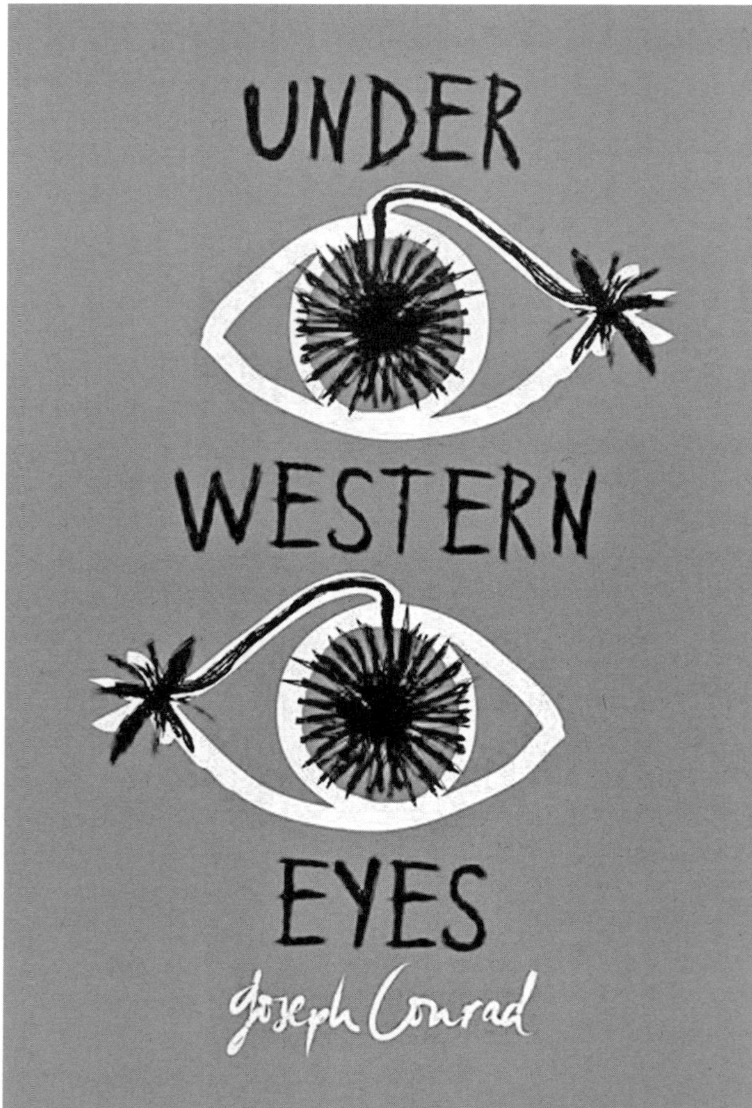

康拉德关于俄国革命者的作品《在西方的注视下》

然而，我的反对者并没得到安抚。如果干脆什么都没写，这些听上去还算是好理由，但它们无法为已经写成的东西辩护，反对者如是说。

我承认，几乎世界上的任何事情都可以成为不写作的好理由。但既然我已经写了，就勉强给出如下的辩词：虽然在记录这些回忆的时候，我没有考虑传统的写法，但它们也不是随意抛出、完全没有体系或目的。事实上，它们有自己的希望和目标。希望读者阅读了这些文稿之后，能够最终在头脑中出现一个个性的形象；虽然隐藏在我各部作品背后的作者形象不尽相同，比如《阿尔迈耶的愚蠢》和《密探》，但在其源头和行动上，又有着连贯的、无可争议的一致性。这就是本书的希望。与希望紧密相连的是它的目标，它尝试记录下个人的记忆：它试图忠实地呈现出写作第一本书时的情感和体验，以及我最初与大海接触时的情景。

这两股作用力被有意识地融合在一起，彼此谐振。有心的朋友，或许会在此处或彼处，发现微妙的谐和。

《"水仙号"上的黑水手·序》

一部作品,不管多么卑微,只要它渴望成为艺术,就应该让自己的每一行文字,都够得上艺术的水准。艺术本身,可以定义为一心无二的尝试,它试图给予可视宇宙以最高的公正,揭示出它每个面背后隐藏的千变万化又始终如一的真相。它希图在宇宙的样态、颜色、光泽、暗影中,在事物的方方面面、生活的万千形态中,找到每个现象的本质,找到精华和恒久不变的东西,即事物启发人、令人信服的品质,亦即其存在的真相。艺术家就像思想家和科学家一样,追寻真理、一路渴求。当被世界的样子触动时,思想家会扎进概念里,科学家会投身事实里;不久,他们会从概念或事实中浮现,求诸我们生命中的某些素质——那些最能够帮助我们适应危险生活的素质:他们会非常权威地对着我们的常识、智识、渴望和平或躁动的欲望讲话;也常常对着我们的偏见、有时对着我们的恐惧、经常对着我们的自我、总是对着我们的轻信讲话。我们带着崇敬倾听他们的话语,因为他们关心的都是重要的问题,比如心灵的修养、身体的呵护、抱负的实现、途径的完善、宝贵目标的荣光闪耀,等等。

对于艺术家,却是另一番光景。

面对同样谜一般的景象,艺术家则沉入自我。如果他够好又足够幸运,会在那个充满压力和斗争的孤独场域,发现自己的诉求所应具备的条件。艺术家诉诸我们本性中那些不太显眼的能力。由于战争般的生存境况,我们本性中的这些能力需要隐蔽在视线之外，藏在更稳固、更坚硬的品质背后，就如脆弱的躯体需要钢铁铠甲的保护。艺术家的诉求没有那么大声，但更深沉；不是那么清晰，当更激动人心；会更快地被遗忘，但影响却可以长存。一代一代的人在学识上发生着变化，他们丢弃着一些想法，质疑着一些事实，推翻着一些理论。但艺术家，求诸我们生命中天赋而非习得的部分；这一部分不依赖于我们的学识，也因此得以持久。他求诸我们喜悦和惊奇的能力；求诸围绕在我们生命周围的神秘感；求诸我们的怜悯、美感和痛感；求诸我们与所有造物之间潜在的情谊；求诸一个微妙的、无法征服的信念，即坚信天地万物休戚与共，是休戚与共的情感把无数孤独的心灵结合在一起；他求诸我们的梦幻、喜悦、悲伤、追求、幻象、希望和恐惧中的息息相通，是这份共通的情感把人和人团结在一起，把所有的人性团结在一起——把往生者与在世者团结在一起，把现世者与未出生者团结在一起。

在某种程度上，就是这样的思绪或者情绪，可以用来解释下面这部小说里蕴含的尝试和目标。该小说试图呈现被忽略的、手足无措的、纯朴的、沉默的人群中几个无名的个体，看他们生命中一段饱含不安的插曲。如果前面坦陈的信念中有一丝真实，地球上任何一个辉煌的处所或黑暗的角落，都值得人惊奇和怜悯的一瞥，这个动机或许可以为小说的内容辩护。这篇序言只是为了表明这样一个尝试而做的一个声明，但它还不能结束，因为声明尚不完整。

小说——如果它真的渴望成为艺术——诉诸性情。事实上，

康拉德的鸿篇巨制《诺斯托罗莫》

它必须如此，就像绘画、音乐和所有的艺术，都是一个性情诉诸其他无数的性情。它微妙、无法抵御的力量赋予流逝的事件以真意，创设出该时该地精神和情感的氛围。这样的诉求，如果要做到有效，就必须通过感官来传达印象；事实上，别无他途，因为性情——不管是个体的还是集体的——都不服从规劝。因此，一切艺术，首先诉诸人的感官；当艺术的目的通过文字来表达的时候，如果它崇高的欲求是要触及情感响应的秘密源泉，那它也需要诉诸感官。文学必须努力追求雕塑的可塑性、绘画的色彩和音乐神奇的暗示性——音乐是艺术中的艺术。只有通过完全地、坚定地献身于形式与内容的完美融合，只有通过坚韧地、始终不渝地关注句子的形式和感觉，才能捕捉到事物的可塑性和色彩；神奇的暗示性所具有的光，可以短时照亮词语平凡的表面：那些古老又古老的词语，那些被磨损了的、被长年累月粗心大意的使用毁坏了的词语。

为完成创作任务真诚努力，在创作的道路上尽力向前，在前进的路途中不动摇、不倦怠、不怕批评，这些是成为文字工作者正当的理由。饱含智慧的人们，会希求即时的效益，会明确要求得到启发、安慰和乐趣，会渴求立马得到提升和鼓励，或者受到震惊和惊吓，或为之着迷；面对这些要求，如果一位文字工作者良心清白，他会做如下回答：我试图完成的任务，是通过书写文字的力量来让你听到，来让你感受到——但最重要的，是让你看到！这就是一切，没有别的！如果我成功了，你会从中找到自己应得的：鼓励、安慰、恐惧、魅力——所有你要求的东西；或许，还有另一样你忘记要求

好友威廉·罗滕斯泰因绘康拉德像

的东西——对真相的一瞥。

如果能够在鼓足勇气的一瞬间，从奔流不息的时间长河中抓取生命流逝的片段，这只是任务的起点。真正的任务，是无条件地、温柔而忠诚地、毫不畏惧又别无选择地，把采撷到的碎片举起来，以至诚之心给所有的人看，展示出它的律动、色彩和形体；通过它的运动、形体和颜色，揭示出其真相和实质——展示其激动人心的秘密：在每一个令人信服的瞬间，都有其核心处的紧张与激情。如果作家人好又幸运，在这种一心不二的尝试中，或许会在偶然间获取明明白白的赤诚，使得所呈现的遗憾或悲悯、恐怖或欢乐的景象，终至于在眼观者心中唤醒那无可回避的休戚与共；这种休戚与共的情感有着神秘的源头，它存在于劳苦中、喜悦中、希望中和无法确知的命运中——它把人和人结合在一起，把人类和可视世界结合在一起。

显然，无论正确与否，一位坚持上述信念的作家，无法忠实于任何一种临时性的创作准则。这些准则中持久的部分——那些没有被完全遮蔽的真相——则应该作为最宝贵的财富被他持守。但是，所有这些神祇，包括现实主义、浪漫主义、自然主义，甚至是非官方的感伤主义（感伤主义犹如贫穷，极难摆脱），都必须在与他短暂相伴之后舍弃他——甚至就在神殿的门口——继而由他自己的良心磕磕绊绊地言说，让他经受自己作品中那些直言不讳的困顿。在这心神不安的孤独里，为艺术而艺术的呼喊，似乎也失去了它表面上的伤风败俗带给人的兴奋感，听上去很遥远，甚至于不再是呼喊，而只像是耳语，还常常令人费解，但时不时地，也隐隐能够感受到它鼓舞人心的力量。

有时候,安逸地躺在路边的树荫里,我们会无意中观看远处田地里劳作的人,看他肢体机械的运动。看过一会儿之后,我们会懒懒地想知道:那人在干什么?我们会观察他肢体的动作和挥舞的手臂,看他弯身、站起、犹疑,再度开始。如果知道他所为何事,无疑会为无所事事的时辰增加些许乐趣;如果知道他是要举一块石头、挖一道水渠,还是掘一棵树桩,还会带着更真实的兴趣观望他的努力。我们会轻易宽恕他在宁静的大地上搅起动静,甚至于带着兄弟般的心情,原谅他的失败。我们明白他的目标,毕竟,这伙计努力了,或许他气力不够,或许他不懂行。我们宽恕,然后继续我们的路,继而忘却。

在艺术中劳作的人,亦如此。人生苦短,艺术无涯,成功遥遥无期。因此,在怀疑自己是否有力气走那么远的时候,我们稍谈一下目标——艺术的目标;它就像生命本身,激动人心但也艰难——时常为薄雾遮挡。一个胜利得出的结论,会有它清晰的逻辑,但艺术的目标不在这个逻辑里;大自然会有一些无情的律令为人所揭示,但艺术的目标不在这番揭示里。艺术的目标同样伟大,只是更艰难。

如果能在喘息之间,让在土地上劳作的手停下来;如果能迫使那些为远方的目标着迷的人看一眼周围的景象,看一下周围的形体和色彩、阳光和暗影;如果能够让他们停下来看一眼、发出一声叹息、露出一个微笑——这就是艺术的目标,艰难且不可持久,只留待少数几个人去成就。但有时,即使是这么难的任务,也可以由

康拉德绘《威尔斯骑车离去图》

那些心好且幸运的人来实现。当这个目标达成的时候,瞧吧！生命所有的真相都在这里:瞬时的憧憬、叹息和微笑——复归于永恒的歇止。

后记

该译作得以问世,得到了毛思慧先生的全力帮助。其中选篇的定夺,经过了与六位康拉德学者的反复商讨,他们是:Keith Carabine, Laurence Davies, Hugh Epstein, Robert Hampson, Jeremy Hawthorn, 和 Cedric Watts。汉译书名,得到了王松林老师的指导。该译作中的图片,多来自译者过去几年的积累,它们的使用得到了英国康拉德协会、波兰康拉德协会、乌克兰康拉德协会和意大利康拉德协会的许可;其中一般性的图片,下载自必应网国际版。

谨将该译作献给刘洁茜女士,她用自己的爱心、智慧和财富帮助了、帮助着很多人,感谢她资助我的学生完成学业!